Und in der Tat,
ein Pferd, das sich stolz trägt,
ist etwas so Schönes,
Bewunderns- und Staunenswürdiges,
dass es aller Zuschauer Augen auf sich zieht.
Keiner wird müde, es anzuschauen,
solange es sich in seiner Pracht zeigt.

Xenophon

Winston

Die große Show

Ein Roman von
Antonia Katharina Tessnow

Bibliografische Information der Deutschen Nationalbibliothek:
Die Deutsche Nationalbibliothek verzeichnet diese Publikation
in der Deutschen Nationalbibliografie; detaillierte
bibliografische Daten sind im Internet über http://dnb.dnb.de
abrufbar.

TWENTYSIX – Der Self-Publishing-Verlag
Eine Kooperation zwischen der Verlagsgruppe Random House
und BoD – Books on Demand

© 2018 Antonia Katharina Tessnow

Herstellung und Verlag:
BoD – Books on Demand, Norderstedt

ISBN: 978-3-740-71698-1

Autor: Antonia Katharina Tessnow

Gewidmet

dem ehemaligen Ausbilder und Reitlehrer

Henning Müller

der meine Ausbildungszeit auf dem

Haupt- und Landgestüt Neustadt an der Dosse

zu einer unvergesslichen Erinnerung machte,

der mich lehrte,

an meine eigenen Fähigkeiten zu glauben

und dessen wohlwollende Unterstützung

maßgeblich zu meinem weiteren, reiterlichen

Werdegang beigetragen hat.

Und

Winston.

Antonia Katharina Tessnow begann mit 8 Jahren zu reiten und wurde früh gefördert. Mit 13 Jahren übernahm sie ihre ersten Berittpferde und mit 15 zeitweilig den Großpferdeunterricht an einem renommierten Reitstall in Berlin, ihrer Geburtsstadt. Nach einem einjährigen USA-Aufenthalt arbeitete sie mehrere Jahre in einem Privatstall außerhalb Berlins. Mit 22 wechselte sie in einen Sportstall nach Schleswig-Holstein, in dem sie sich auf die Dressur spezialisierte und Pferde aller Klassen trainierte und ausbildete.

Nach einer anschließenden 6-jährigen Tätigkeit im Berliner Olympiastadion als Landesverbandstrainerin des Modernen Fünfkampfes in der Disziplin Springreiten, verließ sie den Sport und widmete sich ihrer künstlerischen, heiltherapeutischen und schriftstellerischen Arbeit.

Sämtliche Trainerscheine erwarb sie am Brandenburgischen Haupt- und Landesgestüt Neustadt an der Dosse. *An dem Aufbau dieses Gestütes orientiert sich der Ort, an dem der Hauptteil der Winston Trilogie stattfindet.*

Winston war Antonias erstes Berittpferd an der Landesreitschule Berlin. Der Charakter und der Lebenslauf von Winston im Buch wurde von diesem wunderbaren Tier inspiriert.

Heute lebt sie in einem kleinen Dorf am Rande der Mecklenburgischen Schweiz, schreibt Bücher, musiziert und führt eine Hundezucht der russischen Zarenhunderasse Bolonka Zwetna aus dem Alten Jagdhaus.

Webseite der Autorin:
www.antonia-katharina.de

Webseite der Bolonka Zwetna Hundezucht:
www.bolonka-zucht.de

***

Die gusseiserne Statue 'Stute mit Fohlen'
auf dem Haupt- und Landgestüt Neustadt an der Dosse

***

1

Die Schulglocke klingelt. Ich habe mich oft genug über diesen Ton gefreut, vor allem in all den unzähligen Stunden, die nicht enden wollten und in denen ich nichts anderes, als den Schulschluss herbeigesehnt habe. Doch dieses Mal ist es anders, denn dieses Klingeln läutet das Ende meiner Grundschulzeit ein.

Die Lehrerin hat uns bereits verabschiedet. Jetzt ist es vorbei. Keiner springt so schnell auf wie sonst. Alle fangen etwas zögerlich an, ihre Sachen zu packen und sich zum Gehen fertig zu machen.

Ich weiß, dass ich viele von den Leuten, mit denen ich meine letzten Jahre verbracht habe, nicht wiedersehen werde. Ein seltsames Gefühl.

Die Sonne scheint und draußen sind es mindestens 30 Grad. Ich bin mit dem Fahrrad hier. Im Sommer fahre ich immer mit dem Fahrrad, weil das schneller geht. Der blöde Busfahrer muss ständig anhalten und manchmal trödelt der auf dem Heimweg dermaßen lange, dass man schon graue Haare hat, wenn man zu Hause ankommt. Und zu Hause wartet Winston auf mich. DEN soll ich warten lassen? Niemals! Keine Sekunde länger als nötig! Außerdem würde der sich ganz schön wundern, wenn ich plötzlich graue Haare hätte!

Darum fahre ich selbst. Da kann ich die Straßen lang rasen und so schnell um die Kurven sausen, dass man mich glatt mit einem Rennfahrer verwechseln könnte.

Den Bus hält niemand für einen Rennwagen, höchstens für eine lahme Ente. Und die lahme Ente fährt normalerweise erst am Gestüt vorbei, wenn ich schon lange bei meinem Winston im Stall bin. Oder bei Frieda in der Küche.

"Hey, Juna! Träumst Du schon wieder?", meine Lehrerin steht hinter mir. Ich habe sie gar nicht bemerkt.

"Ich? Wieso?"

Ich schaue mich um. Die Klasse ist fast leer.

"Die Schule ist zu Ende, Du kannst jetzt nach Hause gehen. Oder gefällt es Dir bei uns so gut, dass Du noch ein bisschen bleiben möchtest?", sie lächelt mich an.

"Bleiben die dann auch?", ich zeige auf Peer und René, die neben mir die einzigen sind, die noch im Klassenzimmer sitzen.

"Ihr drei! Ausgerechnet ihr drei! Unser Rabaukenteam! Ausgerechnet ihr wollt länger in der Schule bleiben? Das könnt ihr eurer Großmutter erzählen!", lacht sie.

Das stimmt. Kommt nicht so gut, wenn gerade wir das sagen. Wir waren schließlich immer die ersten, wenn es darum ging, nach der Stunde aus der Klasse zu rennen. Egal, ob es zur Pause oder zum Schulschluss geläutet hat. Hauptsache raus!

"Was macht Ihr denn noch hier?", frage ich Peer und René.

"Auf Dich warten vielleicht, Quatschtante! So wie jeden Tag."

"Ey", Peer tut so, als hätte er einen genialen Einfall, "lass uns doch heute mal zu Frieda fahren. Alle zusammen!"

"Geile Idee!", René ist begeistert. "Wir verstecken unsere Räder vor dem Tor und schleichen uns von hinten ins Haus rein. Bisher hat uns nie jemand erwischt und Frieda hält eh dicht."

"Als wenn die Leute euch nicht kennen würden! Wir gehen schließlich fast jeden Tag zu Frieda essen. Nun tut mal nicht so, als wärt ihr voll die Geheimagenten und schleicht euch heimlich in feindliches Territorium. Stellt doch einfach eure Räder in den Fahrradständer und kommt mit mir durch den Haupteingang, so, wie sonst auch."

"Wie langweilig!", meint Peer.

"Voll die Mädchennummer!", stöhnt René.

"Wollt Ihr jetzt bleiben oder fahren?", fragt unsere Lehrerin, die seit dem Klingeln eigentlich gar nicht mehr unsere Lehrerin ist.

Wir gucken uns an und jeder wartet darauf, dass der andere etwas sagt.

"Okay", sage ich zögerlich.

"Okay ... was? Wenn auf eine entweder-oder-Frage mit Okay geantwortet wird, gehe ich davon aus, Du hast mich nicht verstanden", unsere Lehrerin lacht schon wieder.

"Okay heißt: Wir gehen jetzt. Ich hab nämlich Hunger!" René, vorlaut wie immer.

"Ich auch!", schließt Peer sich an, "schließlich haben wir noch eine geheime Mission vor uns, bevor wir das Mittagessen erreichen. Dazu müssen die letzten Energiereserven reichen!"

"Alles klar: Ihr seid echte Helden!" Ich gehe zur Tür. Die steht weit offen. Keiner hat sie hinter sich zu gemacht. Ich drehe mich um:

"Kommt Ihr jetzt, oder was?"

"Schon auf dem Weg!", die beiden Agenten in geheimer Mission springen auf. Wir sind schon fast draußen, als unsere Lehrerin, die ja gar nicht mehr unsere Lehrerin ist, uns nachruft:

"Wollt Ihr euch gar nicht verabschieden?"

Wir stehen schon auf dem Flur.

"Ja, also ... tschüss dann", sage ich.

"Tschüss!", rufen auch Peer und René.

"Tschüss Ihr drei, und passt auf Euch auf!"

Dann sagt sie noch irgendwas, aber das verhallt im Treppenhaus. Wir warten gar nicht ab, bis sie ihren Satz beendet hat. Als sie fertig ist mit Sprechen, sind wir schon längst über alle Berge. Wie immer.

2

Frieda ist in der Küche und hat natürlich gute Laune.

"Juna, mein Sonnenschein, wie war Dein letzter Schultag?" Kaum hat sie das ausgesprochen, platzen Peer und René in die Küche. Mit einem Satz sind sie durch die Tür und knallen sie hinter sich zu.

"Geschafft!", prahlt René.

"Geheimagenten 007 und 008 melden sich zur Stelle!", Peer salutiert vor Frieda. Die lässt sich nicht aus der Ruhe bringen:

"Auch ein paar Nudeln mit Tomatensauce?"

"Oh, geil, Nudeln!", freut sich René.

"Essen echte Geheimagenten Nudeln?", fragt Peer.

"Geheimagenten können alles essen, was denkst Du denn?", entgegne ich. Peer hat mal wieder keine Ahnung.

"Also, ich hab noch nie gesehen, wie James Bond Spaghetti mit Tomatensauce gegessen hat", bemerkt Peer.

"Na, das filmen die natürlich nicht, weil es langweilig ist. Oder würdest Du es spannend finden, 007 beim Essen zu beobachten?" Peer weiß echt gar nichts! Alles muss man ihm erklären!

"Keiner hat uns gesehen! Wir waren mal wieder schnell wie der Blitz!", erklärt René.

"Also, ihr Süßen, selbst wenn sie Euch nicht gesehen haben, gehört haben sie Euch bestimmt! Die Tür ist so laut zugeknallt, dass Ihr froh sein könnt, wenn Herr von Barnstedt nicht vor lauter Schreck von seinem Bürostuhl geflogen ist", Frieda stellt die Nudeln auf den Tisch.

Peer und René kichern mal wieder rum.

"Warum müssen ausgerechnet *meine* Freunde so bekloppt sein? Warum kann ich nicht ganz normale Freunde haben, so wie andere Menschen auch?", frage ich, allerdings nur mich selbst, nicht die anderen.

"Na, weil wir so toll sind!", meint René, der mein leises Nuscheln gehört hat.

"Und weil Du uns so gerne magst!", lacht Peer.

Ich verkneife mir meine Bemerkung und nehme mir ein paar Nudeln.

Wir haben alle großen Hunger. Jeder von uns fällt sofort über die Spaghetti her, als sie auf unseren Tellern landen.

"Wie weit ist eigentlich die Lindemann-Schule von der Akademie entfernt?", fragt Frieda.

"Also", Peer will gerade anfangen zu erzählen, als René ihn unterbricht:

"Stopf' Dir doch noch 'ne Ladung Nudeln in den Mund, dann versteht man Dich besser".

"Die ist zwei Orte von hier entfernt. Allerdings in die andere Richtung", erklärt Peer, unbeeindruckt von Renés Bemerkung. Er ist tatsächlich kaum zu verstehen. Aber da er immer seine Hände zum Reden mitbenutzt, ist schon klar, was er sagt.

"In welche Richtung?", frage ich.

"Westen", sagt er.

Ich schaue ihn fragend an:

"Woher weiß *ich* denn, wo Westen ist? Steht hier seit Neustem ein Schild, oder was?"

Die beiden Jungs lachen. Frieda auch.

"Na da, wo die Sonne untergeht, man!", sagt René.

"Na, guck mal", fährt Peer mit seinem Finger auf dem Tisch herum, "das Gestüt liegt im Süden. Darum fahren wir auch einmal durch Tresdorf und stoßen dann direkt auf das Haupthaus. Ich muss aber gleich nach rechts weg, diese olle Sandstraße lang, die immer so matschig wird, wenn's regnet, erinnerst du Dich?"

"Ach da lang, ist schon klar."

"Waldenhagen", beendet Peer seine Erklärung und macht sich wieder über seinen Teller her.

"Und Du?", fragt Frieda René.

"Kummersdorf", antwortet er.

"Da passt Du hin", entgegnet Peer, der sofort Renés Ellenbogen in den Rippen hat.

"Aua!", entfährt es ihm.

"Blödmann", zischt René.

"Welche Schule ist da?", frage ich.

"Keine Ahnung wie die heißt", sagt René, "is 'ne Hauptschule", ohne aufzuschauen isst er weiter.

"Das ist ja wieder ganz woanders", bemerkt Frieda.

"Stimmt. Ist auch etwas weiter weg. Ich werde jeden Morgen mit dem Schulbus abgeholt."

"Dann fahrt Ihr also gar nicht mehr zusammen?"

Komisch! Die beiden sind mir so oft auf die Nerven gegangen, doch jetzt, wo mir klar wird, dass unsere gemeinsame Zeit vorbei ist, sitzt mir doch ein Kloß im Hals. Mein Teller ist noch nicht ganz leer, aber ich habe plötzlich gar keinen richtigen Hunger mehr.

"Nein", sagt René, "Keiner fährt mehr zusammen. Ab jetzt ist jeder für sich."

3

Es ist ein warmer Sommertag. Die Sonne scheint herrlich und alles wirkt viel lebendiger als im Winter. Die Welt scheint fröhlicher zu sein als in der dunklen Jahreszeit, in der alles gefroren ist und sämtliche Vögel auf und davon sind. Die Bereiter trainieren draußen, die Pfleger machen ihre Mittagspause in der Sonne und sogar die Pferde sehen glücklicher aus als sonst.

Ich fahre mit meinem Fahrrad die große Allee entlang. Wenn man das Fahren nennen kann, denn der Boden ist ziemlich zertreten. Wenn er nicht gerade frisch gewalzt ist, gleicht dieser weiche, aufgewühlte Sand eher einer

Buddelkiste. Und zwar den gesamten Weg, bis hoch zum Stutenstall. Doch ich trete einfach so doll ich kann in die Pedale. Zum Laufen hab ich keine Lust.

Auf halber Strecke liegt der Jungpferdeberitt von Dirk und Marek. Ich mache kurz Halt und tue so, als wenn ich sie besuchen wollte. In Wirklichkeit bin ich jedoch schweißgebadet und brauche eine kleine Pause.

Mein Fahrrad lehne ich gegen die Stallmauer. Niemand ist zu sehen. Ich laufe durch die Stallgasse. Auch hier ist keiner. Nicht einmal Pferde in den Boxen. Die werden alle draußen sein.

Als ich um die Ecke biege und gerade zur Halle will, stolpere ich fast über die beiden Herren, die auf dem Boden sitzen, gemütlich an die Mauer gelehnt, ihr Mittag vertilgen und sich dabei sonnen.

„Na", Marek, den ich aus Versehen getreten hab, blinzelt zu mir hoch, „und?"

„Ich dachte, Ihr arbeitet! Kann ja nicht wissen, dass Ihr hier eure Siesta macht!"

„Keine Ursache, Marek kann ab und zu mal ein paar Tritte gebrauchen", scherzt Dirk und lacht.

Marek lacht nicht.

„Tut mir leid", sage ich, bevor Marek reagieren kann. „Aber es ist nicht Dein schlimmes Bein, oder?"

Marek hält sich plötzlich sein Bein und tut so, als würde er furchtbar leiden: „Mein Bein, mein Bein!", jammert er.

Dirk winkt ab.

Ich setze mich zu ihnen auf den Boden.

Marek muss einfach jede Gelegenheit nutzen, den Clown zu machen.

„Müsst Ihr nicht arbeiten?"

„Mittagspause", antwortet Dirk und beißt genüsslich von seinem Brot ab.

Ich lehne mich gegen die Mauer, schließe meine Augen und lasse mir die Sonne aufs Gesicht scheinen. Es

15

herrscht absolute Stille. Nicht einmal die Bäume rauschen. Keine Landmaschinen, keine Autos, nichts.

„Dirk hat angefangen, Deinen kleinen Hüpfer zu reiten", erklärt Marek.

„Monti?", mit einem Schlag öffne ich die Augen und schau rüber zu Dirk. Der nickt.

„Und?"

Er nickt.

„Und?", bohre ich nach.

Dirk bleibt stumm.

„So schlimm, ja?", frage ich halb ernst, halb ironisch.

„Na ja, wie soll ich sagen?", beginnt er zögerlich, „der hat ganz schön viel Energie, der Kleine."

„Als er noch bei mir in der Fohlenaufzucht stand, war er auch immer der Erste, der morgens an die Tür gedrängelt kam. Der Erste, der sich auf den Hafer gestürzt hat und natürlich der Erste, wenn es raus auf die Koppel zum Toben ging. Manchmal ist er so rumgerast, dass er im Matsch ausgerutscht und hingeflogen ist. Er hatte überhaupt kein Gefühl dafür, mit welcher Geschwindigkeit er um die Ecken rennen kann, ohne auszurutschen. Und manchmal, wenn die Kleinen es nicht erwarten konnten, auf die Weide zu kommen, und er natürlich - wie immer an der Spitze der Herde - ganz vorn am Tor stand, dachte ich: Irgendwann, wenn er kräftig genug ist, rennt der einfach durch den Zaun."

Mareks Blick verrät mir, dass er den ersten Reitversuchen offensichtlich beigewohnt hat und weiß, wovon ich spreche.

„Gut beschrieben", Dirk schaut mich an, „und jetzt weißt Du auch, wie die erste Reitstunde abgelaufen ist."

Er beißt noch einmal von seinem Brot ab:

„Marek konnte ihn kaum halten. Wir waren da, wo wir immer sind, im Longierzirkel. Das ist der beste Ort. Du weißt ja, der ist außenrum komplett zu und die Pferde können nur im Kreis rennen. Marek stand unten und hat die Longe festgehalten."

„Was mich wundert", fällt Marek kurz ein, „Du longierst ihn doch seit Wochen! Der kennt das doch eigentlich!"

Dirk nickt: „Den Sattel und die Trense kennt er schon lange. Das ist nichts Neues für ihn. Und mich kennt er auch."

Dirk wendet sich wieder zu mir: „Ich stelle mich also ganz vorsichtig in einen Steigbügel und ziehe mich hoch. Da war noch alles okay. Aber kaum, dass ich mich auf die andere Seite gelehnt hab, spastete er los, als wenn wir ihm angedroht hätten, ihn zu erschießen!"

Ich kann mir mein Lachen nicht verkneifen.

„Und der Herr Bereiter hat sich kurzerhand in den Sand gelegt", fügt Marek hinzu.

Ich muss noch mehr lachen. Ganz schön gemein von mir. Aber ich stell mir gerade vor, wie sich die beiden Jungs vergebens an meinem kleinen Monti versuchen.

Seit eineinhalb Jahren kenne ich nun meine Tiere aus der Fohlenaufzucht. Keiner kennt die jungen Nachwüchsler so gut wie ich. Ich sehe sie schließlich jeden Tag und habe ihnen alles beigebracht, was sie bisher können: Stehenbleiben, Hufegeben, Geputztwerden, Bodenarbeit. Ich habe sie ans Halfter gewöhnt und daran, geführt zu werden. Sogar der Rabauke Monti hat es verstanden. Zwar etwas später als die anderen, aber er hat's verstanden.

„Es gibt da einen Trick."

Die beiden gucken mich erwartungsvoll an.

Ich sage noch nichts, um die zwei ein bisschen auf die Folter zu spannen.

„Und?", Marek.

„Okay, pass' auf", sage ich, „Deal?"

Marek verdreht die Augen. Sogar das sieht bei ihm lustig aus. Er ist immer lustig und meint es nie böse. Und er kann das irgendwie auch jedes Mal aufs Neue rüberbringen. Wie macht er das bloß?

„Was willst Du?", fragt Dirk.

„Warum bist Du überhaupt hergekommen?", fragt Marek.

„Also, ich bin hier, weil, na ihr wisst schon: Die Sonne und der warme Sommertag und der blöde, sandige Weg mit dem Fahrrad. Und ich sage Dir, was ich will", dabei wende ich mich an Dirk, „lass mich doch endlich mal aufs Pferd! Ich warte nun schon, seit dem ich hier bin, dass ich endlich mal Reiten darf! Ich kenne Monti gut, unter mir wird das gehen, glaub mir. Muss ja niemand wissen. Aber nach dem Sommer fängt doch die Reitakademie an, und die neue Schule auch. Ich hab jetzt seit fast fünf Jahren schon nicht mehr auf einem Pferd gesessen."

„Und dass Du Dir ab und zu eines unserer Jungtiere schnappst und mit mir gemeinsam auf die Koppeln reitest, um die Pferde reinzuholen, zählt nicht, oder wie?"

„Nein, das zählt nicht. Das ist ja auch nur ganz selten."

„Genau so selten, wie wir die Pferde reinholen", Marek schaut mich mit einem verstohlenen Lächeln an.

„Also, jeden Tag", ergänzt Dirk, „ganz selten halt." Beide äugen zu mir rüber und nicken.

Ich weiß mal wieder nicht, was ich sagen soll und lächle sie nur mit dem besten Lächeln an, das ich parat haben.

„Na gut", sagt Dirk, „Du kannst mir heute Nachmittag helfen. Aber ob ich Dich auf den jungen Hengst lasse, weiß ich noch nicht. Das ist ziemlich gefährlich. Wenn Dir was passiert, fällt das auf mich zurück; das Thema hatten wir schon ungefähr 1000 Mal."

„Ich weiß", wie immer lasse ich meine Stimme extrem enttäuscht klingen und gucke Dirk mit dem mitleiderregendsten Blick an, den ich aufsetzen kann. Wie immer ohne Erfolg

„Wie geht's Winston?", fragt Marek.

„Winston?", ich schließe meine Augen und lehne mich zurück an die Wand, „dem geht's gut. Wenigstens einer, der mich versteht und auf meiner Seite ist."

Die zwei lachen. Sie lachen mich aus.

„Und er lacht mich nicht aus!", füge ich hinzu.

„Sicher?", hakt Dirk nach.

Seine Bemerkung überhöre ich natürlich. „Wann soll ich denn hier sein? Zum Reiten mein ich?"

„Drei?"

„Drei. Okay. Bis später dann."

Marek und Dirk winken mir noch hinterher, doch ich eile zurück durch die Stallgasse, schwinge mich auf mein Rad und eiere durch die Buddelkiste zum Stutenstall. Winston wartet bestimmt schon.

4

Winston. Endlich! Hat ja mal wieder lang genug gedauert, bis ich Dich wiedersehe! Als ich mein Fahrrad an den Zaun lehne, schaut er auf. Er steht mittlerweile in der Fohlenaufzucht, nicht mehr in Einzelhaft. Und bei diesem herrlichen Wetter sind die Kleinen natürlich draußen.

Kaum, dass er mich erblickt hat, löst er sich auch schon von der Herde und trabt auf mich zu. Ich klettere über den Zaun und laufe ihm entgegen. Als er mich erreicht, pariert er durch zum Schritt, läuft die letzten Meter auf mich zu und drückt mir wie immer seinen Kopf in den Arm. Fast falle ich hinten über. Aber nur fast. Er hat schon eine Menge Kraft entwickelt, der Kleine. Doch umrennen würde er mich nie. Dafür hat er zu viel Gefühl und ist zu vorsichtig. Beim Kuscheln kann er zwar ganz schön rabiat sein, aber über den Haufen rennen würde er mich nicht. Er weiß ganz genau, wie weit er gehen kann.

„Und? Nen' schönen Tag gehabt?"

Winston schnauft einmal leise.

„Bereit für die tägliche Prozedur?"

Er schaut mit gespitzten Ohren auf und schüttelt sich einmal. Dabei staubt er wie ein altes Sofakissen.

„Wieder im Sand gebadet, was?"

Er quiekt kurz. Seit Anfang an quietscht dieses Pferd. Kein anderer seiner Artgenossen gibt derartige Geräusche von sich. Sofort muss ich lachen.

Winston hüpft sogleich umher und quiekt noch mehr. Es sieht zum Totlachen aus. Manchmal frage ich mich, ob er mich mit Absicht zum Lachen bringt?

„Komm' Du kleine Quietschkommode, wir werden Dich mal putzen."

Er bleibt augenblicklich stehen und schaut mich mit einem Blick an, der fragt:

„Wieso *wir*?"

Ich muss schon wieder lachen.

„*Ich* werd' Dich putzen, mein Schatz. Du musst nur dastehen und nach Möglichkeit nicht allzu viel Blödsinn machen."

Er atmet einmal tief ein. Es hört sich wie ein schwerer Seufzer an; und wie immer, wenn ihm etwas nicht gefällt, senkt er seinen Kopf, schließt die Augen halb und lässt die Ohren zu beiden Seiten baumeln. Dabei sieht er aus wie ein Esel.

Ich kann mich vor Lachen kaum halten.

„Juna, alles in Ordnung?", Hanna steht am Hinterausgang des Stutenstalles.

Ich kriege vor lauter Lachen kein Wort heraus.

Winston guckt sie an und spitzt wieder seine Ohren. Seine Augen sind sofort wach und er stampft einmal sein beleidigtes Stampfen: Mit einem Vorderbein auf den Boden. Und quiekt dabei, was sonst.

Hanna sieht ihn, schüttelt den Kopf, winkt ab und geht zurück in den Stall.

„Ich hol mal Dein Halfter", ich schaue meinen Schatz verliebt an.

Winston guckt, als würde ich gleich etwas tun, das ich noch nie getan habe.

Ich klettere zurück über den Zaun. Winston kommt mir hinterher und schiebt seinen Kopf zwischen den beiden waagerechten Zaunlatten hindurch. Dann schaut er mir nach. Sein Gesicht ist so enttäuscht, als würde ich nie wieder kommen.

„Hanna, ich geh jetzt Winston putzen."

„Ach, ist ja was ganz Neues", sie lächelt und blinzelt mir zu.

Stimmt, hätte ich ihr nicht zu sagen brauchen, mach ich schließlich jeden Tag so.

„Hättest Du mir nicht sagen brauchen, machst Du schließlich jeden Tag so."

Sie kann natürlich Gedanken lesen. Mittlerweile habe ich mich daran gewöhnt.

„Hanna?"

„Ja?"

Ich rede nicht weiter.

Hanna wartet einen Augenblick, ob was kommt; es kommt aber nichts. Sie lehnt ihren Besen gegen eine Boxentür, kommt zu mir rüber und lehnt sich neben mich an Wand.

Dann schaut sie mich erwartungsvoll an.

„Na ja, Hanna, weißt Du, was ist denn jetzt mit Reiten?"

Sie seufzt und schüttelt den Kopf:

„Ich kann Dir da nicht wirklich weiter helfen. Wir haben hier die hochträchtigen Stuten. Viele von denen, die noch nicht ganz so weit sind, stehen im Sommer 24 Stunden draußen. Und die Fohlen kann man nicht reiten. Aber was erzähl ich Dir da? Das weißt Du ja alles."

„Wir haben jetzt sechs Wochen Ferien. Danach fängt die Reitakademie an."

Ich stocke kurz, schlucke, gucke Hanna an:

„Und die Barnstedts drohen mir doch immer wieder, mich rauszuschmeißen, wenn das alles hier mit mir nicht funktioniert. Und ich will doch unbedingt hier bleiben. Es muss funktionieren, verstehst Du? Es *muss* einfach!"

„Hast Du schon mal mit Dirk geredet?"

„Dem Clown?"

„Ich dachte, Winston ist 'der Clown'?"

„Und ich dachte immer, Marek ist der Clown!"

Wir haben gar nicht gemerkt, wie Henrik auf den Hof gefahren ist und mit offensichtlich guter Laune die Stallgasse entlang kommt.

„Vielleicht bist *Du* ja der Clown?", entgegnet Hanna.

„Wie sieht's aus? Hast Du Arbeit für mich?"

Hanna schüttelt den Kopf:

„Alles ruhig. Die Nächste ist frühstens in 3 Wochen dran."

„Dann mach ich mal 'nen kurzen Check-up. Sind alle draußen?"

„Indira hab ich gleich hier auf dem Paddok. Lass uns mit der anfangen."

„Ich geh mal zu Winston", werfe ich schnell dazwischen.

„Vergiss' die anderen Fohlen nicht", sagt Hanna im Umdrehen, „und red' mal mit Dirk. Er wird Dich bestimmt verstehen."

Wenn die wüsste! Dirk versteht gar nichts! Dirk hat immer nur Angst, dass was passiert. Der wird mich in einer Million Jahren nicht auf ein Pferd lassen. Ich hab ihn schließlich schon mindestens fünf Millionen Mal gefragt.

Ein helles Wiehern erklingt. Winston. Und ein Bummern hinterher. Auch Winston. Er tritt jetzt nicht mehr gegen die Boxentür, er tritt jetzt gegen so ziemlich alles, was vor ihm steht. Im Moment ist es der Zaun.

Ich schnappe mir ein Halfter und gehe raus.

Er schaut keck über die oberste Zaunlatte.

Ich klettere zurück auf die Koppel und halte ihm das Halfter hin, in das er sofort seine Schnauze versenkt. Er weiß nämlich ganz genau: Wenn er das Halfter um hat, passiert gleich was; und was ist aufregender für meinen Kleinen, als tolle Abenteuer, die es zu erleben gibt?

Der Strick ist schon am Halfter. Festhalten brauche ich ihn eigentlich nicht, denn er folgt mir auch, ohne dass ich ihn führen muss. Aber er muss das lernen! Hat Hanna mir eingebläut. Also mache ich das natürlich genau so. Ich will alles richtig machen, denn ich will schließlich hier bleiben.

5

Winston wird erst mal vor dem Stall angebunden. Bei dem schönen Wetter putze ich draußen. Mein Putzzeug steht schon bereit.

Als erstes mache ich die Füße. Man sagt zwar nicht Füße beim Pferd, aber hier tun es trotzdem alle. Kaum nehme ich den Hufkratzer aus dem Putzkasten, hebt Winston auch schon sein linkes Vorderbein und hält es hoch, genau so, als würde ich daneben stehen und es festhalten. *Er ist einfach ein Genie!*

Ich kratze ihm den festgetretenen Sand und ein paar Kieselsteinchen aus den kleinen Hufen. Dann bürste ich sie kräftig ab. Meinen Hufkratzer muss ich dafür nur umdrehen. Da ist eine kleine Bürste dran, mit der geht das auch immer ganz gut. Nur manchmal, wenn die

Weiden nass und matschig sind, muss ich mit einem Eimer Wasser und einer Wurzelbürste die Hufe förmlich schrubben, damit sie wieder sauber werden. Glänzen tun sie danach allerdings nicht.

Im Sommer benutze ich auch immer mal wieder ein wenig Huffett, vor allem, wenn der Boden so trocken und staubig ist wie die letzten Tage. Das Horn der Hufe wird dann leicht spröde und rissig, genau wie unsere Hände oder unsere Fingernägel.

Horn kann brechen, und wenn Stücke vom Huf abbrechen, kann das verheerende Folgen haben: Es können sich Risse bilden, die bis ins Innenleben des Hufes reichen, oder aber es bricht gleich ein so großes Stück ab, dass das Tier Schmerzen hat und lahmt. Und weil so etwas natürlich nicht passieren darf, benutze ich halt Fett. Aber wo ist es hin? In meinem Putzkasten ist es jedenfalls nicht. Ob Hanna es benutzt hat?

Ich muss Winston zurücklassen und mache mich erst mal auf die Suche nach dem kleinen, grünen Eimer. Ich gehe schnurstracks in unseren Pflegerraum. Er steht mitten auf dem Tisch. *Was hat er denn da verloren?*

Ich schnappe ihn mir und gehe wieder raus. Winston steht mit dem Kopf zur Tür und reckt sich in meine Richtung, als würde er versuchen, um die Ecke zu gucken. Kaum trete ich ins Freie, spitzen sich seine Ohren und er fixiert mich mit seinen Augen.

„Hab nur das Fett geholt", ich halte ihm den Eimer hin. Er beschnuppert ihn, als hätte er ihn noch nie gesehen. Dabei kennt er ihn ganz genau. Er hat das Fett sogar schon probiert. Seinem Gesichtsausdruck nach hat es allerdings nicht besonders gut geschmeckt. Riechen tut es jedenfalls scheußlich. Das Kosten habe ich mir verkniffen.

Ich stelle das Fett erst mal zur Seite.

„Fingernägel lackieren kommt ganz zum Schluss", lächle ich ihn an.

Erst mal nehme ich den Gummistriegel zur Hand. Damit raue ich das Fell auf und hoffe, ein wenig Staub aus meinem kleinen Sofakissen zu bürsten. Winston liebt seinen Gummistriegel. Er lehnt sich immer mit seinem ganzen Körper dagegen und genießt es, massiert zu werden. Heute macht er keine Ausnahme. Er streckt seinen Hals so weit vor wie er kann, hält sein Kopf schief und kaum, dass ich angefangen habe, fallen auch schon seine Äuglein zu.

Ich gehe langsam, in kreisenden Bewegungen, über seinen Körper. Das fördert die Durchblutung und ist daher vor jedem Training sehr sinnvoll. Je langsamer ich ihn striegle, um so entspannender ist der Effekt; je schneller ich meine Kreisbewegungen ausführe, um so anregender wirken sie. Das sind dieselben Wirkungen wie Massagen beim Menschen. Wenn es nach Winston ginge, könnte ich das stundenlang machen.

Ich habe aber noch sechs andere Fohlen zu betreuen, das mit dem stundenlangen Striegeln müssen wir leider vertagen.

Als ich absetze, ist Winston schlagartig wach. Er beobachtet natürlich ganz genau, was ich als nächstes tue. Ich nehme die Kardätsche und bürste sein Fell wieder glatt. Nach dem Striegeln sieht er immer ziemlich zerzaust aus.

Die Kardätsche in der einen Hand, den Striegel in der anderen, bürste ich sie immer wieder gegeneinander aus. Damit nehme ich den Staub, der von Winston kommt, aus den Borsten der Kardätsche. Den Striegel klopfe ich normalerweise auf dem Boden aus.

Um die Mähne und den Schweif kümmere ich mich nicht weiter, denn davon hat er noch nicht sehr viel. Aber die Hufe werden noch gefettet.

Ich habe schon seit langem für schwarzes Huffett plädiert. Vorher hatten wir grünes. Das sieht nicht so schön aus. Aber das schwarze Fett auf den dunklen

Hufen verleiht der Gesamterscheinung eines Pferdes etwas Edles. Ich mag das.

„Juna, weißt Du, wie spät es ist?", fragt Hanna, als sie an mir vorbeigeht.

„Keine Ahnung. Zwei?"

Sie bleibt stehen und holt ihr Handy aus der Hosentasche.

„Und?", frage ich.

„Gleich halb drei."

Oh, schon so spät! Dann mal weg mit Winston und ab zu Dirk.

„Hast Du die Aufzucht schon eingestreut und Heu rüber gefahren?"

„Nein, noch nicht. Ich wollte noch mal rüber in den Jungpferdeberitt."

„Kannst Du vorher noch schnell den Stall fertig machen?"

„Mach ich!"

Hanna mustert Winston:

„Der sieht ja aus, wie aus dem Ei gepellt. Sein Fell glänzt richtig."

„Ja, er hat sich gut entwickelt."

Ich streiche einmal über seinen Rücken.

„Man sieht, dass er mal ein ganz Schicker wird", meint Hanna.

„Dass er ein ganz Schicker *ist,* meinst du wohl!"

„Was ist mit den anderen?"

„Manchmal schaffe ich nicht alle. Die mache ich dann im Schichtdienst. Einen Tag die einen, den nächsten Tag die anderen. Weißt Du doch."

„Klar, ich meine ja auch: Was ist *heute* mit den anderen. Machst Du die noch?"

„Alle werde ich nicht schaffen. Aber ich mache weiter, wenn ich wieder komme. Ich würde heute so gerne Dirk helfen. Du weißt doch: Vielleicht lässt er mich ja mal reiten." Meine Stimme klingt nicht sehr hoffnungsvoll.

„Ist schon klar!" Hanna versteht das natürlich. „Dann bin ich ja mal gespannt, wie es läuft."
„Und ich erst!"

6

Kaum habe ich mein Fahrrad gegen die Stallmauer gelehnt, kommt mir auch schon Marek entgegen:
„Der Chef ist schon hinten", er zeigt durch die Stallgasse.
Als er über den Hof geht, schaue ich ihm hinterher und kann sehen, dass er immer noch ein bisschen humpelt. Der Brand hat Spuren hinterlassen.
Das sieht man auch am Neuaufbau der Scheune. Die Männer haben erst mal ein Provisorium auf Holzpflöcken gebaut und das ganze mit riesigen Planen umspannt. Das Provisorium steht immernoch.
Das Stalldach dagegen, dass zum Teil betroffen war, ist wiederhergestellt.
„Willst Du nicht nach hinten gehen? Dirk wartet sicher schon", ruft Marek, als er in der Tür zum Haus steht und sieht, wie ich noch immer bei meinem Fahrrad stehe und den Hof inspiziere.
„Bin schon unterwegs!" Ich winke ihm noch kurz und laufe dann schnell durch den Stall in die Halle. Keiner da. Dirk wird im Longierzirkel sein.
Ich gehe quer durch die Halle, hinten durch die große Schiebetür raus, geradewegs auf das Roundpen zu und höre die beiden schon von draußen.
Der Zirkel ist mit Holzwänden umgeben und ziemlich hoch geschlossen. Man kann jedenfalls nicht von außen hinein gucken. Das heißt, dass sich die Pferde drinnen, während der Arbeit, auch nicht die Landschaft

anschauen können. Gut für die Konzentration der Tiere und gut für den Bereiter.

Ich klopfe an.

„Moment", schallt es von drinnen.

Ich warte.

„So, jetzt."

Ich mache langsam die Tür auf und gehe hinein, schließe die Tür hinter mir und gehe in die Mitte zu Dirk.

„Ich hab gerade angefangen."

Monti steht, uns zugewandt, mit Trense und Sattel bestückt am Rand und wartet.

„Lauf mal ein bisschen", sagt Dirk mit ruhiger Stimme und hebt vorsichtig seinen Arm ein wenig an, mit dem er ihm deutet, in welche Richtung es gehen soll. Monti setzt sich sofort in Bewegung; oder besser gesagt: Monti rast los.

„Der ist aber aufgeregt."

„Gut bemerkt", meint Dirk, „ich hoffe, Du hast Deinen Trick mitgebracht."

„Hab ich!"

Wir beobachten eine Weile, wie Monti im Kreis rennt. Wir stehen beide nur ruhig da, drehen uns langsam mit ihm und machen nichts. Nicht einmal eine Longierpeitsche haben wir hier. Es sind nur wir beide und Monti. Und er rennt von ganz allein immer um uns herum.

Nach einer Weile geht Dirk ein paar Schritte auf die Bande zu, gerade, als Monti vorbei ist. Ich folge ihm. Er streckt erneut seinen Arm in Richtung Bande aus und sagt mit der gleichen, ruhigen Stimme:

„Hoo, jetzt geht's mal anders herum."

Monti reagiert natürlich sofort. Er scheint das zu kennen. Er wendet auf halber Strecke ab, läuft quer durch den Longierzirkel und rennt in anderer Richtung weiter; er wieder außen rum, wir wieder in der Mitte.

Dirks Stimme ist sehr beruhigend; wenn ich nicht stehen würde, würde ich einschlafen.

Es ist wichtig, dass man die Stimme bei der Ausbildung eines Tieres zu Hilfe nimmt. Dabei ist es ganz egal, was man sagt. Die Tiere verstehen einen sowieso nicht. Aber der Tonfall vermittelt ihnen beispielsweise Ruhe, wie in diesem Fall. Das heißt: So, wie Dirk es in diesem Fall versucht. Es sieht allerdings so aus, als wenn bei Monti nicht allzu viel davon ankommt.

„Warum ist er denn so panisch? So kenne ich ihn ja gar nicht. Ich kenne ihn eher als Bulldozer, aber nicht als Paniker."

„Ein Bulldozer ist er im Stall und auf der Weide. Und ich habe auch damit gerechnet, dass er erst mal auf gar nichts reagieren wird. Ich habe gedacht, jegliche Hilfsmittel werden ihm am Allerwertesten vorbei gehen und er wird hier vor allem dumm rum stehen.

„Monti!", sage ich ziemlich plötzlich und etwas zackig.

Er spitzt sofort die Ohren und fällt vom Galopp in den Trab.

„Hey, Du Wahnsinniger!", spreche ich im gleichen Tonfall weiter, ganz so, als würde ich mich über ihn lustig machen.

Er reagiert sofort, pariert durch zum Schritt, bleibt stehen und guckt mich an. Jetzt hat er mich erkannt.

„Hey, Du kleine Rennmaschine, wollen wir heute mal arbeiten oder was?" Ich hole ein kleines Stück Apfel aus meiner Tasche. Den habe ich mir extra zurecht geschnitten, bevor ich losgefahren bin.

Monti ist begeistert. Fressen! Dafür würde er alles tun!

Ich gehe zu ihm. Er schnappt sich sofort das kleine Stück. Ich klopfe ihn am Hals und streiche ihm über den Mähnenkamm.

Sofort dreht er sich mit dem Kopf zu mir. Er weicht mir nicht mehr von der Seite. Ich habe Nahrung in der Tasche, Überlebensutensilien, die Rettung in Zeiten großer Not! Er folgt mir wie ein Hund. Seine Schnauze immer auf die Äpfel in meiner Tasche gerichtet.

„Wie ausgewechselt", murmelt Dirk.

Ich stelle mich neben ihn in die Mitte. Monti stellt sich dazu.

„Du musst mit ihm spielen", sage ich, während mir Monti gerade seinen Kopf von hinten über die Schulter streckt und sich mit seinem ganzen Körpergewicht gegen mich lehnt. Ich mache schnell einen ausweichenden Schritt zur Seite:

„Und da wäre er wieder, der Bulldozer."

Monti steht jetzt vor Dirk, stupst ihn mit seiner Nase ins Gesicht und schnaubt einmal vorsichtig.

„Im Umgang mit *Dir* ist er vorsichtiger", bemerke ich.

„Bist Du Dir sicher, dass es wirklich *seine* Angst ist, die er spürt, oder nicht vielmehr *Deine* Angst?"

Dirk schaut erst mich und dann Monti an. Der wirkt quietschvergnügt und ganz entspannt.

„Ja", beginnt Dirk zögerlich, „mir ist etwas mulmig bei dem Gedanken, ihn einzureiten. Er wirkt so panisch, seitdem ich angefangen habe, mit ihm zu arbeiten. Und seit dem habe ich auch kein gutes Gefühl mehr."

„Das wird es sein. Dann hast du ja des Rätsels Lösung."

Monti beißt mir in die Hose.

„Du Chaot!", fahre ich ihn auf die gewohnt alberne Art an, mit der man immer gut bei ihm landet. Er guckt mich daraufhin sofort mit seinem Ich-hab-doch-gar-nichts-gemacht-Blick an, reckt seinen Kopf zu meiner Wange und will mir gerade an die Nase, die ich aber noch in letzter Sekunde wegziehe.

„Lass mich da mal rauf", ich zücke noch ein Stück Apfel, das Monti mir gleich aus der Hand schnappt.

„Juna, ich ..."

„Ist Okay, mach Dir ruhig Sorgen. Ich habe damit kein Problem. Magst Du vielleicht mal die Longe an der Trense festmachen, damit Du uns festhalten kannst?"

Dirk bleibt stehen.

„Dirk, ich werde jetzt reiten!"

Dirk steht da wie angewachsen.

Ich wende mich zu ihm und schau ihn eindringlich an.

Monti steht neben mir und tut dasselbe.

„Dirk, ich *muss* endlich reiten! Verstehst Du das nicht? Und das werde ich jetzt tun, egal, ob mit oder ohne Deine Erlaubnis. Monti kenne ich eh besser als sonst irgendwer. Ich kann mit ihm umgehen. Guck einfach zu und hol die Longe, ja?"

„An Selbstbewusstsein mangelt es Dir ja nicht gerade. Hat Dir schon mal jemand gesagt, dass Du stur bist?"

„Hat *Dir* schon mal jemand gesagt, dass Du stur bist? Wie lange muss ich Dich eigentlich noch anbetteln, damit Du mich endlich mal reiten lässt? Du weißt doch, was für mich auf dem Spiel steht."

Monti stupst mich von hinten an. Ihm ist langweilig.

Dirk holt die Longe, die an der Tür hängt und befestigt sie an Montis Trense. Er wirkt etwas blass.

„Auf eigene Verantwortung", versuche ich ihn zu beschwichtigen, „wenn etwas passiert, hab ich's allein gemacht. Ehrenwort."

Monti versteht die Welt nicht mehr. Dafür kriegt er erst mal noch ein Stück Apfel. Sofort ist die Welt wieder in Ordnung.

„Ich stell' mich in den Steigbügel und Du machst gefälligst keine Faxen", spreche ich in gewohntem Monti-Tonfall. Dirk hält auf der anderen Seite gegen, damit der Sattel beim Aufsteigen nicht verrutscht und das Gewicht gleichmäßig verteilt ist. Monti bleibt stehen.

Ich lasse mich wieder runter gleiten, lobe ihn, geben ihm ein Stück Apfel.

„Wie viele Äpfel hast Du eigentlich mit?"

„Ne' ganze Tüte voll. Hängt draußen vor der Tür."

Dirk schmunzelt und nickt anerkennend. Dabei sieht er fast so aus, als würde er mich mögen. Wäre das erste Mal in all den Monaten!

Ich stelle mich wieder in den Steigbügel, ziehe mich hoch, bleibe ein paar Momente stehen, lasse mich wieder herunter gleiten, lobe Monti und gebe ihm erneut ein Stück Apfel. Normalerweise würde man dieses Spiel so lange spielen, bis es dem Pferd langweilig wird und dann zum nächsten Schritt übergehen. Doch solange Fressen Teil des Spieles ist, könnte man es den ganzen Tag lang weiterspielen. Monti würde auch nach Stunden noch mit der Selben Begeisterung dabei sein, wie zu Anfang. Mit ihm geht diese Rechnung also nicht auf.

Nach dem fünften Mal lege ich mich über den Sattel. Ganz langsam. So langsam, wie ich kann. Damit er keinen Schreck vor dem plötzlichen Gewicht auf seinem Rücken bekommt. Er bleibt stehen.

Ich klopfe ihn. Erst am Hals, dann an der Schulter. Er dreht seinen Kopf in meine Richtung, um zu sehen, was da oben auf seinem Rücken los ist. Ich gebe ihm ein Stück Apfel. Das findet er klasse. Jetzt kommt das Fressen schon von oben!

Ganz vorsichtig ziehe ich mein rechtes Bein rüber auf die andere Seite. Monti stört das nicht, solange es Äpfel regnet.

„Er vertraut Dir", sagt Dirk mit ruhiger Stimme, während er die Longe festhält und mich beobachtet.

„Ja, er vertraut mir; im Gegensatz zu manch anderen."

Dirk weiß genau, dass ich ihn meine. Aber er reagiert nicht.

Ich gebe Dirk ein paar Apfelstücke und setze mich aufrecht hin.

„Führ' in mal vorsichtig an", sage ich leise.

Dirk führt Monti an. Er bleibt ruhig und folgt dem Fressen, das Dirk in der Hand hält und sich gerade in die

Tasche steckt. Dirk läuft im Longierzirkel im Kreis, Monti hinterher, ich oben drauf. Es funktioniert hervorragend!

Nach einigen Runden frage ich:

„Wollen wir mal antraben oder reicht das für heute?"

Dirk überlegt kurz:

„Lass es für heute gut sein. Es ist super gelaufen. Er war brav und hat Dich ohne Widerstand getragen. Lass uns mit diesem Erfolgserlebnis Schluss machen. Du weißt ja: Wenn wir jetzt antraben und er wird doch irre, dann müssen wir hier so lange rumrödeln, bis wieder alles im Lot ist. Morgen können wir an dieser Stelle weiter machen."

Er führt mich in die Mitte. Ich steige langsam ab.

„Morgen machen *wir* also weiter, ja?"

Dirk wendet sich um und klopft Monti:

„Drei?"

Und ich hatte schon Angst er sagt nein!

„Drei!"

Ich klopfe Monti ebenfalls noch einmal und gebe ihm das letzte Stück Apfel aus meiner Tasche. Dann gehe ich zur Tür. Monti schaut mir nach. Ob er verstanden hat, dass er gerade geritten wurde?

7

Michael von Barnstedt ist gerade dabei, die Kostenaufstellung für den vergangenen Monat zu erstellen, als es an seiner Bürotür klopft. Sofort öffnet sich die Tür:

„Sylvia. Komm doch rein."

Sylvia schließt leise die Tür hinter sich und setzt sich ihrem Mann gegenüber in einen Stuhl, der vor dem Schreibtisch steht.

„Was gibt's?"

Sylvia lugt über den Schreibtisch. Ihr Blick fällt auf das Schriftstück, das Michael gerade vor sich hat:

„Und? Wie sehen die Bilanzen aus?"

Michael lehnt sich zurück in seinen großen, ledernen Bürostuhl:

„Gerade so", seufzt er, „gerade so."

Sylvia sagt nichts.

„Wir brauchen mehr Einsteller", er nimmt das oberste Blatt in die Hand, „und wir müssen unbedingt ein paar verkaufen. Ich kann mich nicht ewig auf meinen Vater berufen und ihn zur Rettung heranziehen, wenn es hier mal wieder knapp wird. Auch wenn sein Bauunternehmen in München Millionen abwirft. Zwar steckt auch mein Kapital in diesem Betrieb, und der Hauptteil unseres Einkommens besteht aus den Gewinnen, die meine Anteile abwerfen, aber ich möchte es nicht so lange schröpfen, bis es irgendwann komplett aufgebraucht ist. Das Gestüt *muss* sich langfristig wieder alleine tragen."

Sylvia weiß genau, wovon ihr Mann redet. Das Geschäft mit Pferden ist in den letzten Jahren immer schwerer geworden und ihre finanzielle Situation ebenfalls.

„Ich habe mir lange und viele Gedanken gemacht, und ich glaube, ich habe eine Idee", Sylvia lächelt ihren Mann an, gespannt, wie er wohl reagieren wird.

Michael erwidert ihren Blick. Das erste Mal seit langer Zeit huscht so etwas wie ein Lächeln über seine Lippen.

„Wie wäre es diesen Sommer mit einer Show?", fragt sie.

„Einer Show?"

„Einer Verkaufsshow? Ich meine, andere große Gestüte haben Hengstparaden und so was. Warum machen wir nicht eine? Ein Event? Eine Präsentation unserer Tiere?

Genug Bereiter sind da, Jungtiere haben wir und die Fohlen könnten auch vorgeführt werden. An einem Tag die Vorführungen, am nächsten einen 'Tag der offenen Tür', an dem die Interessenten kommen und kaufen können. Samstag und Sonntag vielleicht.

Wir machen eine Ausschreibung in der Zeitung und Händler können sich mit ihren Ständen bewerben. So haben wir gleich das Essen und Trinken abgedeckt, können die Standmieten verrechnen und ein paar Reitläden rufen wir auch an. Die sollen ebenfalls kommen und hier ausstellen. Das Ganze lassen wir groß durch die Presse gehen, schalten Werbung in den Zeitungen und verteilen Flyer. An einem schönen Sommerwochenende wird hier die Hölle los sein. Meinst Du nicht?"

„Sylvia!", Michael, der aufgestanden ist und langsam durchs Zimmer läuft, drückt ihr voller Begeisterung einen Kuss auf den Mund, „Du bist genial! Das ist eine tolle Idee! An so etwas habe ich noch gar nicht gedacht!"

Michael läuft weiter durchs Zimmer. Das macht er immer, wenn er entweder voller Gedanken oder aber aufgeregt ist. Im Moment ist er beides.

Sylvia guckt ihm eine Weile zu.

„Kann ich Dich was fragen?"

„Klar."

„Was ist jetzt eigentlich mit Juna?"

Michael bleibt stehen:

„Juna", er setzt sich neben seine Frau in einen der beiden so gemütlichen Ledersessel, „ganz ehrlich?"

„m-hm", seine Frau nickt.

„Bisher haben wir kaum Kontakt zu ihr und wir haben uns so gut wie nicht mit ihr befasst. Und das einzige, was ich von ihr weiß, ist, wie viel Geld wir für sie ausgeben. Sie taucht ab und zu als Kostenposten in der monatlichen Bilanz auf."

„Das geht so nicht weiter", bestätigt seine Frau die unausgesprochene Schlussfolgerung.

„Nein, das kann so nicht weiter gehen."

„Was sollen denn die Leute von uns denken? Die ersten Gerüchte machen schon die Runde. Außerdem tut sie mir wirklich leid. Egal, was ist oder war, aber sie hat es nicht verdient, so alleine zu sein", Sylvia schaut einen Moment betreten zu Boden.

„Die Kinder haben ab heute große Ferien. Und wir werden uns die Zeit für sie ab jetzt eben einfach nehmen. Außerdem sollte sie, bevor sie auf die Reitakademie kommt, ein bisschen Reintunterricht haben, meinst Du nicht?"

„Und was hast Du Dir gedacht?"

„Was ist mit den Schulpferden? Die meisten Kinder sind in den Ferien und verreist. Die Tiere stehen vorwiegend auf der Weide und werden nicht geritten. Ausbilder haben wir genug, also warum nicht Schulpferde reiten?"

„Außerdem hat sie dann gleich einen guten Start in der Schule und steht nicht da wie dumm, weil sie die Pferde nicht kennt. Und natürlich fällt es auf uns zurück, wenn sie versagt."

„So drastisch würde ich es jetzt nicht ausdrücken..."

„So drastisch *musst* Du es aber sehen", unterbricht Michael sie, „denn so drastisch werden es die Leute sehen. Keine gute Werbung für uns."

„Werbung!", wiederholt Sylvia, „Na klar!"

„Was ist klar?"

„Sie kümmert sich doch, seit dem sie hier ist, um die Fohlenaufzucht. Hanna bestätigt mir immer wieder, wie ordentlich und gewissenhaft sie arbeitet. Und ich muss gestehen, dass ich sie ab und zu beobachtet habe, wenn sie die Fohlen geputzt hat. Die sehen wirklich gut und gepflegt aus."

„Verstehe. Was hat das jetzt mit Werbung zu tun?"

„Lass sie auf den Shows die Fohlen präsentieren! Bisher geht nur das Gerücht rum, dass die Barnstedts ihr Pflegekind in die Aufzucht abgeschoben haben. Wenn jetzt durch die Presse geht, wie gut unsere Fohlen in Schuss sind, und sie obendrein vielleicht noch von Juna persönlich präsentiert werden, ist augenblicklich jeder Zweifel und jedes Gerücht aus der Welt; und das Gestüt wirbt gleichzeitig für die gezüchteten Jungtiere."

Michael ist wiederum begeistert:

„Schatz, das machen wir! Das ist eine fantastische Idee! Wenn nicht sogar die beste, die Du je hattest!"

„Vielleicht kann Dirk ja den Reitunterricht übernehmen?"

„Der soll seinen Beritt auf Vordermann bringen, damit er und seine Pferde für die Show fit sind."

„Er kann ja eh nur die Pferde zeigen, die reitbar sind. Ich weiß nicht, ob schon alle, die er hat, weit genug sind, um so eine Show zu laufen."

„Check das mal ab, Sylvia. Red' mit allen und überschlag' mal, wen und was wir für solch eine Präsentation haben. Hanna und Dirk sollen sich Gedanken über das Programm machen. Ich werd' mich hier derweil um die Buchführung kümmern und mir ein paar Gedanken machen, wie wir das Event organisieren."

„Gut", Sylvia steht auf, „dann sind wir uns also einig?"

Michael nimmt sie in den Arm, drückt sie an sich und schaut ihr in die Augen:

„Ja, das sind wir."

8

Wir haben zwar keine Schule mehr, aber ich stehe trotzdem früh auf. Es ist kurz nach sieben und ich bin hellwach. Sofort ziehe ich mich an und laufe runter in den Stall. Die Tür ist offen. Hanna ist schon da und schiebt gerade den Futterwagen durch die Reihen.

„Morgen Hanna."

„Morgen Juna."

„Ich geh einfach rüber, lass die Fohlen raus und mach alles fertig, ja?"

„Wir haben leider kaum noch Stroh. Kannst aber schon mal misten und Heu in die Aufzucht bringen. Danach fahr bitte mal rüber zu Dirk und sag Bescheid. Und frage, ob Bernd kommen kann."

„Mach ich!"

Ich gehe schnell rüber und begrüße die Fohlen. Einige von denen, die letztes Jahr noch hier standen, sind schon lange drüben bei Dirk. Dafür haben wir ein paar neue dazu bekommen. Winston ist schon seit über einem Jahr nicht mehr der Kleinste.

Auch die Dynamik der Herde hat sich verändert. Es stehen nicht mehr alle dicht gedrängelt am Zaun. Vier von den sieben sind neugierig und gucken immer schon über die Stalltür, wenn ich komme. Winston gehört natürlich dazu, drängelt aber nicht. Dann haben wir noch zwei, die sich das Ganze immer mit ein wenig Abstand betrachten und eines, das sich meist in der letzten Ecke versteckt. Unsere Prinzessin: Jorafina. Ist zwar nicht die Jüngste, aber die Zierlichste. Eine kleine Stute, bildhübsch und sehr scheu. Ihr Fell ist braun, nicht so dunkel wie Winstons, sondern eher das rötliche, helle Braun eines Herbstblattes, das ebenso strahlend in der Sonne glänzt, wie ihr Fell, wenn sie sich mal nicht in den

Staub der Wiese gelegt hat. Ihre Mähne und ihr Schweif sind dunkel, ungewöhnlicherweise jedoch nicht schwarz, wie es normalerweise der Fall ist, sondern ebenfalls braun, Kastanienbraun. Sie hat lange Wimpern und süße, kleine, tiefschwarze Augen, in denen kein Schimmer weiß zu sehen ist. Und wenn sie, scheu wie sie ist, ihren Blick von einem abwendet, dann tut sie das oft mit solch einer Grazie, dass man denken könnte, die hat den Niederschlag ihrer Augen stundenlang vor dem Spiegel geübt.

Ich mache die Tür zum Laufstall auf. Winston hüpft gleich ein bisschen umher und macht natürlich den Clown.

„Ich sehe Dich, Schatz, auch wenn noch andere da sind."

Das glaubt er mir meistens nicht. Die Tatsache, dass neben ihm auch noch andere Tiere da sind, lässt ihn vermuten, er sei unsichtbar. *Er* will natürlich meine ganze Aufmerksamkeit. Und wenn er die nicht hat, wird schon mal der eine oder andere etwas gezwickt oder geärgert.

Ich gehe durch den Laufstall und drei kleine Fohlen mir immer auf den Fersen. Das passt Winston gar nicht. Er macht kurzzeitig einen auf beleidigt, doch auch nur bis zu dem Moment, in dem ich das große Tor zur Koppel öffne. Alle schießen los. Winston auch. Spielen ist jetzt wichtiger als Kuscheln.

Das Misten geht wie gewohnt schnell, das Heu ist ebenfalls im Nu da, der Hafer für abends in den Trog gekippt und fertig. Ich war mal wieder schneller als die Feuerwehr.

„Juna, magst Du vielleicht mal rüber fahren? Es ist schon neun!", ruft Hanna mir zu, als ich in den Stall komme.

„So spät schon?"

„Ja, so spät schon. Hab schon gedacht, Du wirst heute überhaupt nicht mehr fertig."

„Komisch! Dabei war ich doch so schnell!"

Hanna lacht. Wie so oft weiß ich nicht, ob sie lacht, weil sie mich lustig findet oder ob sie mich auslacht.

„Dann fahr ich jetzt zu Dirk?"

„Mach das. Und was sollst Du ihn fragen?"

„Na, ob ich heut Nachmittag wieder reiten kann?"

Hanna stockt einen Augenblick.

„Und ob Bernd heute noch Stroh vorbeibringen kann, ist doch klar!", füge ich schnell an.

Diesmal lache ich, laufe schnell an ihr vorbei, setze mich aufs Rad und bin, ehe ich es mich versehe, am Jungpferdeberitt.

Als ich auf den Hof fahre, sehe ich, wie Frau von Barnstedt wild gestikulierend mit Dirk redet. *Au Backe, was will die denn hier?*

Sie sieht mich und winkt mir lächelnd zu. Ich winke etwas zögerlich zurück. Dann löst sie sich von Dirk und kommt auf mich zu. Das sieht nach Ärger aus.

„Juna, schön, dass ich Dich sehe! Ich habe mit Dirk soweit alles besprochen. Ist Hanna drüben im Stutenstall?"

„Was besprochen?"

„Na das mit Dir und dem Reiten. Bist Du später auch drüben?"

„Ja, bin ich."

„Ich fahr schon mal zu ihr. Wir sehen uns dann gleich!"

Hat die Drogen genommen? Seit wann ist sie so freundlich und gut gelaunt? Ich schau Dirk an. Er zuckt mit den Schultern. Plötzlich knallt es hinter mir, und zwar so laut, dass alle zusammen zucken. *Hat jetzt jemand die Barnstedt erschossen?*

Bernd springt von seinem Trecker. Marek kommt aus dem Stall gelaufen. Ich drehe mich um. Die Barnstedt lebt noch.

„Was ist denn los mit Dir, mein Kleiner?"

Bernd spricht mitfühlend mit seinem Trecker. Scheint also alles in Ordnung zu sein.

„Was war denn das?", fragt die Barnstedt.

„Keine Ahnung", Bernd mustert den Trecker; der raucht still vor sich hin.

Gerade, als wir uns alle versammelt haben, fährt der nächste Besucher auf den Hof. Ein silberner Mercedes.

„Herr Thimm", wird er sofort von Frau Barnstedt begrüßt.

Er kommt zu uns rüber:

„Guten Morgen."

„Wie geht's eurem Pferd, das unsere Juna damals im Winter hinterm Zaun gefunden hat?", sie lächelt und legt mir ihren Arm um die Schultern. Die muss verrückt geworden sein.

„Ach, Du bist Juna", er reicht mir die Hand. „Ich hab schon viel von Dir gehört."

„Was führt Dich hier her?", fällt Dirk schnell ein. Ich glaube, er möchte nicht näher drauf eingehen, was er bisher von mir gehört hat. Mehr, als dass ich in den Stall abgeschoben wurde, ist da nämlich nicht zu erzählen.

„Ich wollte mal schauen, ob Du was Interessantes für mich da hast. Irgendwas Braves, Reitbares. Für die Kinder, als Schulpferd. Sollte aber schon was mit ein bisschen Potential sein, damit die Fortgeschrittenen was davon haben. Wir brauchen mal was Gutes."

„Lass mal überlegen."

Dirk überlegt kurz.

„Na ja, ich müsste sie Dir zeigen. Eigentlich müsstest Du sie alle mal sehen, unterm Sattel und in Aktion. Ich hab einiges da."

„Oder Du kommst zu unserer Show", flötet Sylvia von Barnstedt lächelnd.

Keine Frage: Die Barnstedt hat Drogen genommen.

„Welcher Show?", Herr Thimm schaut neugierig die Barnstedt an.

„Wir werden diesen Sommer unsere erste Präsentationsshow hier auf dem Gestüt veranstalten. Alle

Pferde werden vorgestellt: Die Jungen unterm Sattel, die Ausgebildeten, auch die Stuten mit Fohlen und die Jährlinge", dabei guckt sie mich an.

„Eine Präsentationsshow!", freut sich Herr Thimm, „das ist eine wunderbare Idee! Habt ihr schon einen Termin?"

„Nein. Die Idee ist gestern erst geboren. Ich mache gerade eine Bestandsaufnahme; ich meine, ich fahre rum und guck mal, wie viele Tiere wir einplanen können."

„Wenn wa allerdings 'n Trecker nich wieda hinbekommen, können wa hier janich mehr planen." Bernd.

„Warst Du schon bei Frieda?"

„Nee, noch nicht. Ick weeß aber ooch noch nich, ob ick da noch ankomme. Der hört sich nich so jut an", Bern streichelt die rauchende Motorhaube seines Lieblings.

Und was soll er mit dem Trecker bei Frieda?

„Dann rufen wir sie an und ich hol sie ab", meint Marek. „Aber erst mal versuchen wir's noch mal."

Die beiden Männer verschwinden um die Ecke.

„Und für die Fohlen haben wir unsere Juna. Wenn Sie irgendeine Frage zur Aufzucht haben, dann ist sie der Fachmann", fährt Frau Barnstedt unbeirrt fort.

„Fachfrau", scherzt Herr Thimm und lächelt. „Unserem Pferd geht es ganz gut. Steht viel auf der Weide und wird nur noch sporadisch im Betrieb eingesetzt. Aber er läuft wieder."

„Wie schön zu hören! Ich muss leider weiter in den Stutenstall. Sollten Sie noch weitere Fragen haben, dann wissen Sie ja, dass Sie sich jederzeit melden können."

Sylvia von Barnstedt steigt in ihren Jeep und fährt davon.

„Ich ruf' Dich an", sagt Herr Thimm zu Dirk. „Vielleicht komme ich dann mal, wenn die Pferde drin sind."

„Oder eben zur Show", entgegnet Dirk.

Es ist also wahr: Es gibt eine Show und die Barnstedt hat vielleicht doch keine Drogen genommen. Ich kann es kaum fassen.

„Also dann", Herr Thimm verabschiedet sich und fährt weg.

Jetzt stehen nur noch Dirk und ich auf dem Hof.

„Und, was wolltest *Du*?"

„Hab ich vergessen."

Dirk grinst.

„Ach, natürlich, ich wollte Bernd fragen, ob er uns mit seinem Trecker Stroh vorbei bringen kann."

Es knallt wieder. Dirk und ich laufen schnell um die Ecke. Die beiden Männer stehen neben dem Trecker und kratzen sich am Kopf. Der Trecker sagt keinen Ton mehr. Alle gucken sich ratlos an. Auch Bernd ist still. Damit wäre meine Frage vorerst beantwortet.

9

Der Rest des Vormittags verfliegt. Hanna und Frau von Barnstedt haben alles wegen der Show besprochen. Ihre Stuten mit Fohlen werden mitlaufen und alle meine Jährlinge. Ich putze wie ein Weltmeister. Sogar das Mittagessen hätte ich fast verpasst, wenn Hanna nicht wäre:

„Juna, wollen wir zu Frieda?"

„Einen hab ich noch."

„Es ist gleich halb eins."

Das kann doch nicht wahr sein! Wo ist die Zeit hin?

Ich hänge schnell das Fohlenhalfter weg, schmeiße mein Putzzeug in den Kasten, knall den Deckel zu und schon geht's los. Doch gerade, als wir am Jungpferdeberitt vorbeifahren, glaube ich meinen Augen nicht zu trauen: Da liegt Frieda unter dem Trecker.

Ich steige ab.

„Und?", fragt Hanna, die hinter mir ebenfalls vom Rad gestiegen ist, „kriegt sie ihn wieder hin?"

„Klar, hab nur schnell den Ansaugschlauch abgedichtet und den Keilriemen nachgespannt, der müsste gleich wieder laufen. Sollte ich eigentlich hinkriegen." Frieda.

„Na, von einer Landmaschinenmechanikerin erwartet man das ja auch!", scherzt Marek.

„Und von 'nem Juristen würde man erwarten, dass er nicht immer so frech ist", gibt sie zurück. Ich verstehe nur Bahnhof.

„Irgendwann wird die Zeit kommen, da erkennen die meinen Abschluss hier in Deutschland an und ich darf auch hier Anwalt spielen; wirst'e sehen. Ich arbeite immer noch daran. Wir Polen können das nämlich mindestens so gut, wie ihr."

„Das habe ich gesehen", tönt es unter dem Traktor hervor.

„Trecker sind nicht meine Spezialität. Da braucht es schon mal einen Fachmann wie Dich. Vielleicht wird Dir Dein alter Beruf *auch* wieder anerkannt, und Du darfst wieder Motoren auseinander schrauben?"

„Danke, verzichte! Ich bin heilfroh, dass diese Zeit vorbei ist. Heute dürfen sich die Leute ihre Berufe aussuchen und werden nicht mehr zwangsausgebildet und einfach zugeordnet, so wie zu Ostzeiten", Frieda kriecht unter dem Trecker hervor. „Aber umsonst war die Ausbildung ja nicht. Hab's geschafft. Müsste wieder laufen."

Bernd klettert ins Fahrerhäuschen und zündet. Der Trecker startet.

„Schnurrt ja wie ein Kätzchen", bemerkt er.

„Ist aber 'ne ziemlich große Katze", gibt Frieda zurück.

Frieda und Landmaschinenmechanikerin?

„So, Kinder, heute gibt's nur Brot und Aufschnitt. Die netten Herren hier haben mich von der Arbeit abgehalten", sagt sie zu uns.

Sie ist ganz ölverschmiert; ihre Hände sind schwarz, ihr Gesicht auch ein bisschen.

„Wir können auch erst mal Monti machen", meint Dirk.

„Und ich brauch noch Stroh für den Stutenstall." Hanna nimmt ihr Fahrrad und schwingt sich in den Sattel.

„Kannst'e haben, meene Kleene, jeht glei los." Bernd räumt so schnell es geht das Werkzeug ein und im Nu sind alle verschwunden.

***

„Lass uns ein bisschen mehr mit Stimme arbeiten", sagt Dirk zu mir, als wir im Longierzirkel stehen und Monti im Schritt außen rum läuft. „Pass auf: Bei jedem Gangwechsel sagst Du gleichzeitig laut und deutlich das dazugehörige Kommando. Wenn Du dann anfängst, ihn zu reiten, und Du möchtest ihm die Hilfen von Kreuz und Schenkel beibringen, ist es enorm hilfreich, wenn Du wieder dieselben Kommandos mit der Stimme geben kannst, die er dann ja schon kennt. Das erleichtert die Anfänge der Ausbildung ungemein. Wenn die Tiere die Sache mit den Tempiwechseln begriffen haben, ist das schon mal die halbe Miete."

Er macht eine kurze Pause. Ich schaue ihm wortlos zu.

„Und wenn Du möchtest, dass sie im Kreis vorwärts laufen, dann musst Du taktisch immer hinter dem Pferd stehen."

Wir stehen zwar in der Mitte und drehen uns mit Monti zusammen im Kreis, doch Dirk dreht sich tatsächlich immer genau *so* mit, dass es scheint, als würde er Monti von hinten antreiben. Dirk hebt seinen linken Arm:

„Tee-rabb", sagt er mit lauter und eindringlicher Stimme.
Monti trabt an.

„Wow."

„So, jetzt lass ihn einen Moment traben, bevor Du ihn wieder durchparierst."

Monti trabt eineinhalb Runden ruhig vor sich hin, Dirk taktisch immer hinter ihm, um ihn im Trab zu halten. Dann senkt er seinen Arm wieder und sagt mit lauter, aber gleichzeitig beruhigender Stimme:

„Schee-ritt."

Monti pariert durch.

„Ich bin beeindruckt. Habt ihr heimlich geübt?"

Dirk lacht:

„Jetzt versuch Du es mal."

Ich bin einen Augenblick still und warte einen Moment. Dann hebe ich einen Arm, deute Monti vorwärts zu gehen und sage laut:

„Tee-rab."

Monti bleibt stehen, dreht sich zu mir und guckt mich an.

„Soviel zum Spielen", Dirk macht sich über mich lustig.

„Du musst energischer sein. Versuchs noch mal."

Ich versuche es noch mal. Wieder ohne Erfolg.

Dirk geht einen Schritt auf Monti zu, hebt seinen Arm. Monti setzt sich sofort in Bewegung.

„Tee-rab", spricht er laut, allerdings ohne zu schreien. Monti trabt an.

„Du musst es wirklich wollen", erklärt er mir. „Du darfst nicht einfach die Befehle machen und etwas ganz anderes dabei denken. Die Pferde empfangen das. Du hast das gestern gesehen, daran, wie panisch Monti war. Du hattest natürlich recht: Es war meine Panik, die er gespürt hat. Pferde spüren sowas. Wenn Du jetzt ein Kommando gibst und gleichzeitig denkst 'der macht das sowieso nicht', dann macht er das sowieso nicht. Da kannst Du drauf wetten."

„Verstehe."

„Schee-ritt", sagt er wieder sehr bestimmt; Monti pariert wieder durch.

„So, lass ihn ein paar Momente Schritt gehen. Dann Du."

Ich beobachte Monti, lasse ihn eine Runde laufen, setze an, hebe meinen Arm, gebe das Kommando. Monti guckt mich wieder an.

„Der weiß überhaupt nicht, was ich von ihm will."

„Und ich kann Dir genau sagen, was Du eben gedacht hast. Du hast eben befürchtet, dass er es wieder nicht tut, richtig?"

„Ja", sage ich zögerlich, „richtig."

„Gut. Dann mach es so: Stell Dir vor, wie er Dein Kommando ausführt. Stell Dir vor, wie er trabt. Visualisiere das Bild vor Deinem inneren Auge. Okay?"

„Okay."

„Und dann: Sei bestimmt; und nicht zögerlich!"

Ich trete hinter Monti, lasse ihn Schritt gehen. Er setzt sich in Bewegung. Ich halte ganz fest das Bild in meinen Gedanken, wie er antrabt, hebe erneut meinen Arm, gebe wieder das Kommando, und? Monti trabt an.

„Guck mal!", wende ich mich begeistert zu Dirk. Sofort bleibt Monti wieder stehen, diesmal kommt er allerdings auf mich zu. Er will auch gucken.

Gerade will ich ein Stück Apfel aus meiner Tasche zücken, als Dirk mich davon abhält:

„Wenn Du ihm jetzt was gibst, dann bringst Du ihm bei, seine Arbeit mitten drin zu unterbrechen und in die Mitte zu laufen. Weil Du ihn gerade genau dafür lobst, verstehst Du?"

„Verstehe", ich ziehe meine Hand wieder aus meiner Hosentasche. Ohne Apfel.

„So, jetzt mal andersherum."

Dirk hebt seinen rechten Arm und deutet Monti, in welche Richtung er laufen soll, gibt seine Kommandos, Monti trabt an. Dirk macht das noch ein paar Mal und ich schaue ihm zu.

„So, jetzt kannst Du hingehen und ihm ein Stück Apfel geben."

Das mache ich auch sofort.

„Und jetzt können wir das Ganze mal mit Dir oben drauf probieren."

„Okay", mir ist etwas mulmig.

Dirk bemerkt das natürlich sofort und beruhigt mich:

„Mach einfach genau, was ich sage, dann kann nichts schief gehen. Fang erst mal so an, wie Du es gestern gemacht hast."

Ich fange also genau wie gestern an: Ziehe mich hoch, lasse mich wieder runter, alles ganz langsam, alles mit jeder Menge Apfelstücken zwischendurch, bis ich oben drauf sitze. Dirk führt mich an. Dann lässt er die Longe langsam länger, bis ich an der Bande bin und er in der Mitte ist.

„Bleib einfach ruhig und spreche erst mal nicht. Das wird ihn sonst irritieren."

Ich bleibe also still.

Dirk hebt einen Arm:

„Tee-rab."

Monti setzt sich in Bewegung.

„Trab leicht", sagt Dirk.

Das mache ich natürlich sofort. Ich bleibe also nicht bei jedem Schritt sitzen, sondern stehe zu jedem zweiten Tritt, genau im Takt, auf. Das macht man so bei jungen Tieren und auch zu Beginn jeder Trainingseinheit.

Es funktioniert. Monti trabt ruhig vor sich hin.

„Sehr gut, Juna. Und Schee-ritt."

Monti pariert durch.

„Sobald ich das Kommando zum Durchparieren gebe, bleibst du sitzen, klar?"

„Klar!"

„Wenn Du dann anfängst, ihn zu reiten, ist das eine der Hilfen, die man zum Durchparieren gibt."

„Klar."

„Jetzt gib ihm die Tendenz, vorwärts zu gehen. Geh mit der Bewegung mit und schiebe ihn ganz sanft mit jedem Schritt nach vorn. Und dabei fange mal ganz vorsichtig an, wechselseitig mit Deinen Schenkeln zu treiben. Wenn das rechte Hinterbein abfußt, treibst Du mit dem rechten Schenkel, wenn das linke Hinterbein abfußt, treibst Du mit dem linken Schenkel. Guck ruhig erst einmal hin, wenn Du es noch nicht fühlen kannst, aber dann bleibe im Takt, schließe die Augen und versuche, dieses Gefühl zu verinnerlichen. Irgendwann wirst Du dann spüren, welches Bein Dein Pferd gerade bewegt."

Ich mache alles, was Dirk sagt. Es stimmt: Es ist gar nicht so einfach, die Schrittfolge zu erspüren. Dazu werde ich wohl noch ein bisschen brauchen.

„Auf welchem Fuß musst Du aufstehen, wenn Du leichttrabst?"

„Auf vorne außen."

„Gut! Richtig. Versuche mal, auch das zu erspüren. Wenn Monti antrabt, geh erst mal sicher, dass Du im richtigen Takt aufstehst, und dann schließe wieder die Augen und versuche, es zu fühlen."

Monti trabt wieder an und ich mache natürlich wieder genau, was Dirk gesagt hat.

„Du wirst merken, dass es sich weicher anfühlt, wenn man auf dem richtigen Fuß leichttrabt. Das wirst Du mit der Zeit herausfinden."

Dirk pariert wieder durch. Ich bleibe sofort sitzen.

„Und warum steht man immer dann auf, wenn das äußere Vorderbein nach vorne tritt?"

„Ich weiß es ehrlich gesagt nicht. Ich weiß nur, dass man es so macht."

„Weil jede Ecke und jeder Kreis, den man reitet, eine Biegung ist und Du wirst wissen, dass der äußere Zirkel immer ein bisschen länger als der innere Zirkel ist. Das bedeutet, das äußere Bein muss weiter treten als das innere Bein. Und damit das Pferd trotz der Biegung gleichmäßig belastet wird, steht man immer dann auf, wenn das äußere Bein nach vorne geht, weil dieses Bein einen längeren Weg zurückzulegen hat, als das Innere. Verstehst Du?"

„Ja, das ist logisch."

„Hoo, halt mal an", Dirk holt Monti zu sich in die Mitte.

„Lob ihn mal."

Ich klopfe ihn von oben.

„Na los, gib ihm schon ein Stück Apfel."

Das tue ich auch sofort. Monti ist selig.

„Habt ihr gut gemacht, ihr zwei. Steig mal ab."

Ich lasse mich vorsichtig an der Seite heruntergleiten.

„Morgen machen wir weiter. Ich glaube, ihr seid auf einem guten Weg."

Ich hätte nie im Leben gedacht, dass Dirk so ein guter Lehrer sein kann. Bisher habe ich ihn immer für etwas stur gehalten. Und für ignorant. Wer hätte gedacht, dass er das gar nicht ist.

10

Das abendliche Füttern und die Stille, die über dem Gestüt liegt, sind fast schon zur Gewohnheit geworden, obwohl ich in einigen, wenigen Momenten immer noch nicht glauben kann, dass ich wirklich hier bin. Mein Leben auf dem Gestüt ist ein Traum und wenn die warme Sommerluft langsam die Nächte einleitet, meine Fohlen versorgt sind und ich vor dem Stall auf dem Zaun sitzend über die Felder gucke, dann weiß ich: Mein Lebenstraum hat sich erfüllt.

***

Die kommenden Wochen vergingen wie im Flug. Alles drehte sich um die Vorbereitung für die große Show. Der große Außenplatz vor dem Haupthaus wird hergerichtet, die Tribünen ausgebessert, Zäune gestrichen und die Pferde geputzt, geritten und umsorgt.

Monti hat große Fortschritte gemacht. Wir trainieren zwar immer noch im Longierzirkel, aber ich reite mittlerweile alleine, ohne Longe. Monti hat angefangen, meine Hilfen anzunehmen; und ich habe gelernt, mit meiner Stimme auf ihn einzuwirken.

Dirk reitet den ganzen Tag und ist dabei, seine Jungtiere an den großen Außenplatz zu gewöhnen, denn dort soll das Spektakel stattfinden. Zu viele Zuschauer können manchmal beängstigend auf die Tiere wirken, darum sollten sie zumindest die Umgebung kennen.

Hanna putzt fleißig ihre Stuten und hat angefangen, einmal am Tag Öl in den Hafer zu geben; damit das Fell ordentlich glänzt. Mit Erfolg: Die Stuten werden von Tag zu Tag schöner.

Ich habe das für meine Fohlen übernommen; ebenfalls mit Erfolg. Außerdem putze ich sie alle einmal am Tag von oben bis unten. Sie haben Sommerfell, das ist kurz und einfacher in Stand zu halten, als das lange, zottelige Winterfell. Manchmal, wenn ich über die Weiden gucke und die Sonne scheint, kann ich sehen, wie ihr Fell glänzt. Allerdings auch nur dann. Sobald sie anfangen zu toben, oder sich auf den Boden schmeißen und im Gras wälzen, verschwindet der schöne Glanz unter einer Schicht von Staub und Dreck.

Die Barnstedts sind aufgeregt; das spürt man. Frau von Barnstedt ist für mich jetzt nicht mehr Frau von Barnstedt, sondern Sylvia. Sie ist ein großes Stück weit aufgetaut und ist zeitweise täglich im Stall, um nach uns zu schauen.

Die Barnstedts setzten viel Hoffnung in die Show. Ich spüre, dass sie auch große Hoffnungen in mich setzen, auch wenn es nicht direkt ausgesprochen wird. Und wir alle wissen, dass ich meine Leistung erbringen muss und dass mein Leben hier immer noch in Frage steht. Auch wenn es die meiste Zeit nicht danach aussieht, sondern eher so scheint, als wäre ich schon immer hier gewesen und als würde ich es für alle Zeit sein. Ich fühle mich, als wäre ich ein Teil von hier. Ich kenne die Fohlen gut und die tägliche Arbeit wird immer mehr zur Routine.

Ich wünsche mir aus tiefstem Herzen, dass der Ort, an dem ich bin und alles andere, mein Leben lang so bleiben wird, wie in diesem Sommer. Das alte Gestüt, in all seiner Stille, entwickelte sich zum unvergesslichen Ort meiner Sehnsucht. Hier will ich sein. Hier gehöre ich her. Und in meinen stillen Augenblicken gibt es nichts, was mir fehlt.

Zwar weiß ich, dass es für die Menschen hier darum geht, Geld zu verdienen, Erfolg zu haben, die Pferde ordentlich auszubilden und teuer zu verkaufen. Doch für mich geht es um den Geruch von frischem Stroh, wenn ich morgens in den Stall komme; um das Glück, das mich durchströmt, wenn ich meine Fohlen auf die Weide lasse; um die Sehnsucht in Winstons Augen, um die warme Sommerluft an lauen Abenden und den unendlichen Frieden, der über den Weiden liegt.

So gingen die Tage ins Land. Alles verlief ruhig. Bis zu jenem Tag, als etwas geschah, was diese Stille durchbrach.

11

„Juna, Juna!" Ich sehe, wie Hanna über die Koppel auf mich zurennt. Ich lasse sofort meine Mistkarre stehen und gehe ihr entgegen. Sie ist völlig außer Atem, als sie bei mir ankommt:
„Zwei Stuten sind weg! Und ihre Fohlen auch!"
Ich glotze sie an und habe keine Ahnung, wovon sie spricht.
„Juna! Die Fohlen sind weg! Die Fohlen sind weg!"
So aufgelöst kenne ich sie gar nicht.
„Bist Du Dir sicher, dass sie nicht durch die Zäune gegangen sind und irgendwo auf einer der Weiden stehen? Hast Du schon geguckt?"
„Ich kann es mir nicht vorstellen. Stuten und Fohlen gehen doch nicht einfach durch die Zäune!"
Sie schnappt nach Luft.
„Lass uns wenigstens einmal die Zäune hinten kontrollieren, ja?", sage ich in ungewohnt beruhigendem und abgeklärtem Ton. „Los!"
Hanna zögert nicht eine Sekunde. Ich springe sofort über den Zaun und versuche, mit ihr Schritt zu halten. Die Koppel ist riesig. Ich fahre mit meinen Augen den Holzzaun ab. Soweit ich blicken kann, scheint alles in Ordnung zu sein. Nur hinten am Waldstück kann ich nichts erkennen.
„Lass uns dort hinten mal gucken", ich zeige in Richtung der Bäume. Hanna geht schnurstracks auf sie zu, doch als wir näher kommen, ist auch hier nichts zu sehen.
„Merkwürdig", mein Blick fällt auf die Koppel nebenan. Meine Fohlen habe ich gerade raus gelassen. Nach ihrer morgendlichen Toberei stehen sie jetzt alle friedlich und fressen.
„Was ist mit dem Gatter?", frage ich.

53

Wir setzen uns sofort in Bewegung und laufen drauf zu. Erst, als wir dort sind, können wir erkennen, dass es nicht richtig zu ist.

„Siehst Du", sage ich zu ihr, „das Gatter ist offen. Die werden sich in Richtung Haupthaus aufgemacht haben. Oder vielleicht zu Dirk?"

Hanna greift in die Verstrebungen des Tores und hebt es mit aller Kraft an, um es wieder richtig einzuhaken. Dann schiebt sie den Riegel von außen vor und verkeilt ihn. Ihre Augen suchen den Boden ab. Ein dickes Stück Draht liegt neben dem Zaunpfosten. Es ist zu einer Schlaufe gebogen, die man an beiden Enden verhaken kann. Sie biegt die Schlaufe ein wenig auf, schiebt es über Gatter- und Zaunlatte, biegt es wieder zu und verhakt es an den Enden.

„Kannst Du Dir vorstellen, dass eine meiner Stuten *das hier* aufkriegt? Oder die neugeborenen Fohlen vielleicht?"

Hanna hat sich ein bisschen beruhigt.

„Lass uns zu Dirk fahren. Komm!"

Ich dreh' mich um, Hanna hinter mir. Wir hasten so schnell es geht zum Stall. Dort schnappen wir uns unsere Räder und rasen los.

„Marek!" Hanna hat ihr Fahrrad einfach hingeschmissen und rennt auf ihn zu.

„Mir fehlen zwei Stuten. Irgendwelche Ausreißer bei euch eingetroffen?"

Marek schüttelt den Kopf:

„Dirk!" ruft er durch die Stallgasse. Da kommt er auch schon angelaufen. „Haben wir Stuten hier?"

„Ja, zwei. Stehen vor Dir."

„Sehr witzig!", Hanna ist sichtlich nervös. „Das Gatter war offen."

„*Das* schwere Teil? Für das ich extra den blöden Draht machen musste?", wundert sich Marek.

„Genau das."

Einen Moment sind wir alle still.

„Ich schnappe mir mal ein Pferd und reite die Weiden ab. Du fährst mit Hanna rüber in den Hauptstall. Schaut auch mal bei den Schulpferden vorbei. Checkt alles ab, bevor die Barnstedts davon Wind kriegen. Beeilt euch! Das Gelände ist so riesig, da sollten wir keine Zeit verlieren."

Marek und Hanna springen in den roten Flitzer und flitzen los. Dirk verschwindet im Stall.

„Und was ist mit mir!", rufe ich ihm hinterher.

„Du kommst mit mir."

12

„So, jetzt kannst Du mal zeigen, was Du gelernt hast."

Dirk nimmt einen von seinen erfahrenen Hengsten; die ganz jungen kann man für sowas nicht nehmen.

„Du nimmst die da", er zeigt auf Manja.

In Windeseile satteln wir unsere Pferde. Ich stelle keine Fragen und folge einfach Dirks Anweisungen. Ich kann kaum glauben, dass er mich mit raus nimmt. Ganz offiziell!

Wir nehmen beide aus den Boxen, führen sie schnell hinter den Stall, steigen auf und reiten los.

Dirk zeigt auf das Tor vor uns:

„Erste Koppel, Du rechts, ich links. Los!"

Wir galoppieren los. Ich reite die Zäune ab und halte Ausschau nach den zwei Stuten. Auch hinter der Gestütsgrenze ist nichts zu sehen.

Die Koppel ist riesig. Manja läuft unter mir in gleichmäßigem Tempo. Sie nimmt mit aller Selbstverständlichkeit meine Hilfen an, die ich nur leicht geben muss, damit sie reagiert. Dabei wirkt sie ruhig und ausgeglichen. Die Koppel ist auch nichts Neues für sie. Sie steht hier fast jeden Tag. Am anderen Ende treffe ich wieder auf Dirk:

„Nichts?"

„Nichts."

„Wir müssen das ganze Gestüt abreiten. Guck, wo die Koppeltore sind, wenn Du die Weiden nicht überschauen kannst. Notfalls musst Du absteigen und sie öffnen. Du übernimmst die Nordseite, ich die Südseite. Schnell!"

Ich sag nichts weiter, sondern wende gleich ab und reite los. Zurück zum Koppeltor, auf der anderen Seite, hinten am Beritt vorbei, über den kleinen Springplatz, das Dressurviereck, auf die Außenbahn und über die große Geländestrecke in Richtung Haupthaus. Die Stute pariert fantastisch. Unser Zusammenspiel funktioniert einwandfrei.

Ich kreuze den Weg, der zum Gestütsfriedhof führt, wende dort ab und trabe die Allee entlang. Die Bäume verdichten sich und hinter der Biegung steht eine kleine Kapelle. Ich war noch nie hier.

Dieser Ort strahlt etwas Mystisches aus, und wenn ich nicht dabei wäre, zwei verlorengegangene Stuten zu finden, würde ich mir glatt etwas Zeit nehmen, um mir diesen Ort näher anzusehen. Doch ich habe keine Zeit. Ich schaue mich um; die Stuten sind auch hier nirgends zu sehen.

So reite ich an der Kapelle vorbei, beachte den Friedhof zu meiner Linken nicht weiter, auch den kleinen Anger nicht und die zwei einzeln liegenden Häuser, sondern trabe wieder an und reite immer den Weg entlang. Die Bäume haben sich wieder gelichtet. Rechts und links weite Wiesen. Ein kleiner Bach kreuzt den Weg und ich überquere eine hölzerne Brücke. Die Stute betritt sie, ohne mit der Wimper zu zucken. Ich lobe sie. Sie schnauft entspannt. Sie ist zufrieden.

Erneut durchquere ich ein kleines Wäldchen. Hinter einer leichten Biegung erscheint ein großes Gebäude. Die Wände sind, wie die der meisten hier auf dem Gestüt, aus rotem Backstein. Es hat eine große Schiebetür als Eingang, die offen steht. Drinnen sind Boxen, oben drüber ein großer Heuschober, hinten dran eine kleine Halle. Die Reitakademie.

„Habt ihr zwei Stuten mit Fohlen gesehen?", frage ich einen Mann, der gerade über den Hof läuft.

„Nein, hier ist nichts. Sind sie ausgebüchst?"

„Das versuche ich gerade herauszufinden."

Ich werfe einen Blick in den Stall. Die Gasse ist riesig und das Stallgebäude höher als alle, die ich bisher kenne. Die Boxen jedoch leer.

„Die sind draußen", sagt der Mann, der meinen Blick verfolgt hat.

„Danke", ich nicke ihm kurz zu und reite an. Hier sind sie also auch nicht. Vor der nächsten Biegung pariere ich Manja noch einmal durch und drehe mich um, ehe das Haus hinter den Bäumen verschwindet.

Ein Gefühl der Ehrfurcht erfasst mich beim Anblick des Gemäuers. Es ist alt. Wie viele Menschen dieser Ort wohl schon hat kommen und gehen sehen? Ein Windhauch erfasst die dichten Blätter der großen Weide, die an der Ecke des Weges steht und wiegt sie leicht im Wind.

Ich weiß nicht, warum, aber das leise Rauschen der zarten Zweige, die wie ein dichter Vorhang bis auf den Boden hängen, macht mich wehmütig. Ich kenne das Geräusch gut. Von zu Hause. Nicht aus dem Heim, das würde ich nie als mein zu Hause bezeichnen, sondern aus einer längst vergangenen Zeit, die immer weiter in den Tiefen meiner Erinnerung versinkt und einst mein Leben war.

Manja erschrickt und stockt. Mein Blick richtet sich sofort nach vorn. Ein Hase verschwindet rasend schnell im Unterholz.

„Das ist nicht, wonach wir suchen", spreche ich mit beruhigender Stimme und streichle ihr dabei über den Hals. Ihre Spannung lässt augenblicklich nach.

„Komm!"

Ich treibe sanft mit meinen Schenkeln und sie setzt sich sofort wieder in Bewegung.

Auch hinter dem Wäldchen und auf dem großen Platz vor dem Hauptgebäude ist nichts. Im Beritt hat niemand die Stuten gesehen und bei Frieda in der Küche werden sie ja wohl nicht sein. Also wieder zurück.

Manja und ich traben die große Hauptstraße zurück zum Jungpferdeberitt. Kaum habe ich sie versorgt und in die Box gestellt, reitet Dirk auf den Hof, sichtlich aufgeregter, als ich es war.

„Hast Du sie gefunden?"

„Nein, die Pferde nicht, dafür aber LKW-Spuren auf der Wiese neben dem Koppeltor, das heute morgen offen war."

Ich schließe meine Augen und streiche mir mit der offenen Handflächen über mein Gesicht und meinen Kopf. Dirk springt vom Pferd und versorgt es so schnell er kann. Kaum, dass er im Stall verschwunden ist, fährt Marek auf den Hof.

„Karina ist auch weg!", keucht Hanna.

Karina ist eine unser tragenden Stuten. Ihr Fohlen sollte in den nächsten Wochen zur Welt kommen.

„Wo stand die denn?", fragt Dirk, der gerade aus dem Stall kommt, „auch auf der Weide?"

„Draußen auf dem Paddok."

Sie waren also wieder hier, die Pferdediebe. Diesmal also bei uns.

Keiner spricht es aus, aber uns ist allen klar, dass die Pferde geklaut wurden.

Hanna kämpft mit den Tränen.

„Also los, auf zu den Barnstedts", Marek öffnet die hintere Tür vom Golf und deutet mir, einzusteigen.

„Juna soll in den Stall fahren. Ich mach das allein", sagt Hanna.

Keiner widerspricht. Marek macht die Tür wieder zu, steigt ein und fährt Hanna runter ins Büro. Ich möchte nicht mit ihr tauschen.

13

„So, so, es sind also drei Stuten und zwei Fohlen weg. UND WESSEN SCHULD IST DAS?", schreit Michael von Barnstedt quer durch sein Büro.

„Ich würde hier nicht von Schuld sprechen ..."

„SIE SRECHEN HIER ÜBERHAUPT NICHT!", fährt er Marek an.

„Wir verstehen, dass Sie unter großem Druck stehen. Das ist ganz normal", sagt Hanna.

Herr von Barnstedt starrt sie an und ist sichtlich irritiert. Ihm sind in seinem Leben selten Menschen begegnet, die nicht gegen ihn ankämpfen; nicht einmal dann, wenn er mal wieder aus lauter Hilflosigkeit nicht weiß, wie er reagieren soll und einfach explodiert. Sondern hier stehen Menschen vor ihm, die ihm trotz seiner unkontrollierten Emotionen das Gefühl geben, verstanden zu werden. Hannas sanfte Stimme beruhigt ihn:

„Die erste Verkaufspräsentation steht kurz bevor und das Gestüt braucht jeden Cent. Sie können es sich natürlich nicht leisten, Pferde an Diebe zu verlieren. Und dazu noch junge Fohlen, das ist schrecklich!"

Michael hat sich in seinen Bürostuhl fallen lassen. Marek ist sichtlich erleichtert, dass die Spannung weg ist, die zu dieser anfänglichen Explosion geführt hat.

„Was ist mit der Polizei?", wagt Marek zu fragen.

Michael nickt und greift in aller Ruhe zum Telefon.

Sylvia von Barnstedt, die die ganze Zeit in einem Sessel am Rand des Zimmers saß und ungewohnt still war, beobachtet die Szene aufmerksam und mustert Marek und Hanna eingehend. Kaum hat ihr Mann wieder aufgelegt, regt sie sich:

„Habt ihr das Gestüt abgesucht?"

„Haben wir", antwortet Hanna.

„Warum seid ihr so sicher, dass es die Pferdediebe waren?"

„Weil wir Spuren von einem Lastwagen am Rande einer Koppel gefunden haben. Die Stuten dagegen auf dem ganzen Gestüt nicht."

„Am Stutenstall?"

„Ja."

„Seid ihr euch sicher, dass die Diebe nicht mehr da sind?"

Hanna und Marek schauen sich fragend an. Dann wendet er sich an die Barnstedts:

„Wir haben zwar das ganze Gestüt kontrolliert und gehen davon aus, dass sie mittlerweile über alle Berge sind. Aber sicher sind wir natürlich nicht."

„Ist jetzt irgendwer im Stutenstall?", fragt Michael besorgt.

„Ja, Juna."

„Allein?"

14

„Entschuldigung."

Ich drehe mich um und am Ende der Stallgasse steht ein Mann, groß gewachsen, kräftig gebaut, Schiefermütze auf dem Kopf.

„Ja, bitte?"

Hinter ihm taucht ein zweiter Mann auf. Ein bisschen kleiner als der erste, jedoch ebenfalls kräftig. Sie tragen Arbeitsklamotten; ihre Hemden und Hosen sind von Schweiß und Staub gezeichnet.

„Ist die Chef zu sprechen?"

„Nein, es ist niemand hier."

Auf dem Hof steht ein Transporter. Die Plane hinten ist zu.

„Ganz allein in Stall?", fragt der zweite Mann und grinst.

„Was wollen Sie?", ich merke, wie ich etwas nervös werde.

Die Männer sehen das und der erste kommt einen Schritt auf mich zu. Ich weiche zurück. Sofort wandelt sich das mulmige Gefühl im Bauch in Angst.

„Du musst nicht haben Angst", setzt der erste gerade an, als ein Wagen auf den Hof fährt. Polizei!

Meine Anspannung lässt augenblicklich nach. Draeger und Gratzki steigen aus dem Wagen. Bin ich froh, die zu sehen!

„Kriminalpolizei, guten Tag", sagt Gratzki streng. Jetzt wirken die beiden Männer ängstlich und gucken die Polizisten mit großen Augen an. Sie kriegen kein Wort heraus und nicken nur kurz, um die Begrüßung zu erwidern.

Ein weiterer Wagen fährt auf den Hof. Der Jeep der Barnstedts. Dann ein dritter: Der rote Golf. Kaum sind die Motoren ausgestellt, ist der Stall auch schon voller

Menschen. Alle Blicke sind auf die beiden Männer gerichtet.

„Juna, alles in Ordnung?", fragt Marek sofort.

„Alles okay."

„Das ist eine nette Empfang", scherzt der erste Mann und geht auf die Barnstedt zu. „Sie sind die Chef?"

Sie ist die einzige von uns, die keine Stallklamotten trägt und sticht dementsprechend aus der Menge.

„Ja, ich bin die Chefin, und Sie?", ihr Ton ist etwas ängstlich, aber bestimmt. Draeger verlässt den Stall und geht in Richtung Transporter.

Der größere der beiden geht auf die Barnstedt zu, nimmt seine Mütze ab und deutet eine kleine Verbeugung und einen Handkuss an:

„Gnädige Frau, wir sind gekommen von Firma Meinau und bringen die erste Stand. Wo bitte dürfen wir die Material abladen, ohne Mitarbeiter zu stören?"

Draeger löst die Plane vom Transporter. Er ist voll beladen mit Holzbalken, Planen und Tischen. Er schaut zu uns rüber und schüttelt den Kopf. Die Barnstedt seufzt. Marek fasst sich an den Kopf. Der charmante Mann, der immer noch seine Mütze in der Hand hält, guckt verloren in die Gesellschaft und versteht nur Bahnhof.

„Das ist eine sehr herzliche Empfang", bemerkt er erneut in ausgesprochen höflichem Ton, „das wir haben noch nicht so erlebt. Wir sind hier richtig auf Gestüt Frederikenburg bei Barnstedt, ja?", er zückt einen Zettel aus seiner Hosentasche, faltet ihn auf und zeigt ihn der Gräfin.

„Ja, natürlich sind Sie hier richtig.", Frau von Barnstedt ist gerade noch dabei, sich zu sammeln. „Nur hier sind sie falsch", dabei schaut sie die zwei Männer an, die nach dieser Bemerkung nicht viel schlauer sind, als sie vorher waren.

„Verzeihen Sie bitte, ich kann nicht verstehen, was Sie meinen, gnädige Frau."

Das können die Wenigsten hier, nur drücken sie es nicht aus und schon gar nicht so charmant.

„Marek, kannst Du den beiden Herren bitte mal zeigen, wo sie hin sollen?"

„Selbstverständlich."

Allen ist offensichtlich peinlich, dass sie die Herren verdächtigt haben, auch wenn es niemand offen sagt.

Bevor der erste Herr sich umdreht, um Marek zu folgen dreht er sich einmal kurz zu mir, setzt seine Mütze wieder auf und verabschiedet sich:

„Vielen Dank, junge Dame", deutet wieder eine Verbeugung an und verlässt den Stall.

15

„Die waren vielleicht nett", bemerke ich, als ich mir Kartoffeln auftue. Frieda kocht seit einer Weile wieder ganz normal. Die indische Phase der Gräfin ist vorbei, und keiner ist besonders böse darüber. Vor allem Frieda nicht.

„Das ist die polnische Mentalität", erklärt Marek. Er freut sich, dass Landsleute auf dem Hof waren. Das hat ihm mal wieder Gelegenheit gegeben, seine Muttersprache zu sprechen.

„Wie weit seid Ihr?", fragt Frieda, „kommt Ihr mit den Vorbereitungen gut voran?"

„Es fahren immer mehr Händler auf den Hof. Manche kommen einfach nur, weil sie sich die Gegebenheiten ansehen wollen, gucken wollen, wo sie stehen und wie viel Platz sie haben oder um zu überschlagen, was sie alles mitbringen können. Andere kommen gleich mit Sack und Pack und ich muss sehen, wo die alle ihr Zeug lagern, ohne dass Chaos ausbricht."

„Und Du meinst, dafür bist Du der Richtige?", meint Dirk.

„Unter meiner Regie ist noch kein Chaos ausgebrochen", gibt Marek zurück. Sofort bricht allgemeines Gekicher aus.

Dirk klopft Marek freundschaftlich auf die Schulter: „Wie viele waren denn schon da?"

„Heute morgen die zwei von Meinau und seitdem kam einer nach dem anderen. Fünf oder sechs. Und die kamen natürlich immer dann, wenn ich gerade einem anderen versucht habe, Fragen zu beantworten. Ich würde mich nicht wundern, wenn da draußen schon wieder welche stehen."

„MAREK, KOMMST DU BITTE MAL", schallt es die Treppe herunter.

„Wenn man vom Teufel spricht ...", er legt sein Besteck nieder, steht auf und geht hoch.

„Der gute Junge! Arbeitet fast bis zum Umfallen, und das nicht mal in seinem eigentlichen Beruf. Das der immer so gute Laune hat, ist wirklich bewundernswert", Frieda nimmt seinen Teller, deckt ihn ab und stellt ihn im Ofen warm.

Sie hat recht: Auf Marek kann man immer zählen und ich habe noch nie erlebt, dass er schlecht gelaunt war.

„Wie sieht's bei Dir aus?", sie wendet sich an Dirk.

„Ob ich in den nächsten fünf Tagen meinen ganzen Beritt soweit habe, dass ich die Showelemente präsentieren kann, wage ich zu bezweifeln. Aber acht habe ich, die gehen sollten. Jedenfalls laufen sie bis jetzt ganz ordentlich."

„Was ist mit Monti?", frage ich.

Dirk schüttelt den Kopf:

„Für Monti ist das noch zu früh. Der muss im Winter ran."

„Wer muss im Winter ran?", fragt die Barnstedt, die gerade durch die Tür kommt.

„Monti", entgegnet Dirk gelangweilt.

„Wer ist Monti?"

„Der kleine Rappschimmel. Der dunkelgraue, der mal hell werden wird. Der kleine Sheridian-Sohn, mit dem Stern auf der Stirn."

„Ach der! Wie macht der sich denn?"

„Gut! Juna reitet ihn."

Die Gräfin guckt mich an. Dirk ignoriert jeglichen Anflug von Verwunderung ihrerseits und isst genüsslich weiter. Doch anstatt Dirk nun zur Rechenschaft zu ziehen, warum ich sein Jungtier reite, wendet sie sich mir zu:

„Und? Wie macht er sich?"

Damit habe ich nicht gerechnet.

„Ähm .."

„Monti macht sich gut", beantwortet Dirk ihre Frage. „Juna lernt schnell. Er reagiert mittlerweile auf Stimme und lässt sich an der Longe ohne Probleme, nur mit Kommandos, von unten antraben, angaloppieren und durchparieren. Auch mit Juna drauf. Langsam fängt er sogar an, auf ihre Hilfen zu reagieren, ohne, dass wir die Stimme einsetzen müssen. Doch für die Show ist das noch nichts. Sobald die Show vorbei ist, werden wir das erste mal in die Halle gehen."

„Und Freispringen? Was ist mit Freispringen?"

„Das kann er gehen, kein Thema. Nur: Wo soll das stattfinden? War das denn eingeplant? Ich höre das jetzt zum ersten Mal, oder habe ich irgendwas in der Planung übersehen?", fragt Dirk.

„Nein, das ist nur so eine Idee", Frau von Barnstedt überlegt, während sie spricht. „Na, in der kleinen Halle, bei Dir drüben; geht das nicht? Da machst Du das doch sonst auch, oder?"

„Wenn die Leute zu mir rüber kommen, müssten wir dort erst mal den ganzen Stall auf Vordermann bringen. Ich weiß nicht, ob das so einfach geht. Und die Scheune ist immer noch ein Provisorium."

Die Barnstedt überlegt einen Moment.

„Auf der anderen Seite", ergänzt Dirk, „wäre es natürlich von Vorteil, es bei mir zu machen. Dann muss ich mit den jungen Dingern nicht übers halbe Gelände."

„Gut, abgemacht. Wir machen es bei Dir. Dann sieht die Scheune eben so aus, wie sie aussieht, das können wir jetzt auch nicht ändern."

Dirk überlegt kurz und legt seine Gabel nieder:

„Doch wie sollen wir denn das jetzt auch noch schaffen? Marek hat alle Hände voll zu tun, die ganzen Leute zu managen, die hier auf den Hof kommen und tausend und eine Frage stellen. Ich muss reiten und der Stall muss nebenbei auch noch gemacht werden; Frau von Barnstedt, wirklich, wie sollen wir denn jetzt auch noch die Halle herrichten?"

Sylvia überlegt einen Moment:

„Was ist mit Juna?"

Ich schlucke.

„Juna hat sieben Fohlen und muss eigentlich zusehen, dass ihr dieser Flohzirkus bis zum Wochenende nicht doch noch anfängt, auf der Nase rumzutanzen. Damit hat sie alle Hände voll zu tun. Und die alltägliche Arbeit fällt natürlich auch an." Hanna hat mich wie immer gerettet.

„Außerdem sollen wir doch den Stutenstall für Laufkundschaft herrichten, nicht?"

„Ja, das stimmt", die Barnstedt guckt nachdenklich Hanna an. „Mein Mann und ich werden die Koordination der Händler und Aussteller übernehmen. Sagt Marek, er soll sie ab jetzt einfach zu uns schicken. Er wird sich um den Jungpferdeberitt kümmern. Außerdem hab ich da noch eine Idee!" Sie steht auf und geht zur Tür. Im selben Moment kommt Marek herein:

„Ein Herr Watzek, oder so, fragt nach Ihnen?"

„Alles klar. Vielen Dank. Bis später dann."

Die Tür geht zu, Marek setzt sich wieder hin, Frieda holt seinen Teller aus dem Ofen und er isst ihn in einem Zug leer. Wir sind alle etwas erschöpft von den vielen Vorbereitungen.

„Und was war jetzt mit den Stuten?", fragt Frieda, als alle fertig sind. Kaum hat sie das ausgesprochen, klopft es an der Tür.

„Ach, die Kollegen Draeger und Gratzki. Pünktlich zum Nachtisch", Frieda ist gleich wieder voll in ihrem Element.

Sie hat Vanillepudding gekocht. Sie nimmt einen großen Topf vom Herd.

„Hhhmm, der ist ja noch warm!", schwärmt Dirk, der seinen Kopf über den Tisch reckt und genüsslich den Duft von Vanille einatmet. Dazu kommt noch eine Kanne Schokoladensauce, die ebenfalls warm ist, und süße Kirschen. Frieda ist einfach die Beste.

„Ich wette, das können sich auch die beiden Kommissare nicht entgehen lassen.", flüstert Dirk mir leise zu.

Sie können nicht widerstehen. Zwar greifen sie nicht selbst zu, aber sie protestieren auch nicht, als unsere Frieda ihnen zwei Schälchen auftut und hinstellt.

„Was für die Seelen", erklärt sie während sie verteilt.

„Das brauchen wir auch", sagt Gratzki trocken.

Hanna lässt augenblicklich ihren Löffel fallen. Gratzki reagiert nicht darauf, sondern spricht in monotonem Ton: „Wir haben *nichts*. Es wurde nichts gesehen, nichts gemeldet und es ist nichts eingegangen, was auffällig gewesen wäre. Kein Anruf, kein Hinweis."

Sein Telefon klingelt. Er guckt auf's Display und nimmt ab:

„Ja?", Gratzki hört auf zu essen. Wir sind alle mucksmäuschenstill. Nicht einmal die Löffel klappern gegen das Geschirr. Gratzki springt auf:

„Das kann doch nicht wahr sein!"

Draeger schiebt sich so schnell er kann die letzten Löffel seines Puddings in den Mund und erhebt sich ebenfalls.

„Komm, wir haben was. Du wirst nicht glauben, wer das war!"

Draeger stellt sein Schälchen auf den Tisch und folgt seinem Kollegen zur Tür.

16

„Was sollen wir jetzt tun?"

„Hinterher! Los!"

„Mit dem Fahrrad hinter dem Transporter her? Und Du meinst, wir kriegen den, oder was?"

„Ne' bessere Idee?", fragt Peer.

„Gratzki müsste gleich hier sein", René steckt sein Handy zurück in seinen Rucksack.

Ein Auto kommt rasend schnell die Landstraße entlang gebraust. René kneift die Augen zu, um besser sehen zu können.

„Da! Die Bullen! In Zivil!!" Peer fängt sogleich wie wild an mit beiden Armen zu winken.

Wenige Sekunden später hält ein dunkelblauer BMW vor ihnen. Gratzki lässt das Fenster herunter:

„Sind sie noch hier?"

„Gerade die Straße runter", René ist aufgeregt und zeigt in die Richtung, in der sie weggefahren sind.

„Fahrt nach Hause. Wir kommen später vorbei." Der Wagen fährt mit quietschenden Reifen an und kaum, dass sich die Jungs versehen, ist er auch schon hinter der nächsten Ecke verschwunden.

Eine Stunde später trödeln sie auf das Gelände des Kinderheims. Gerade, als sie ihre Fahrräder weggestellt und das Hauptportal erreicht haben, fährt die Polizei auf den Hof. Draeger und Gratzki steigen aus. Gleichzeitig öffnet sich die Haustür. Maria.

Bevor sie dazu kommt, eine Frage zu formulieren, entfallen ihr auch schon die Worte.

„Hallo Maria", sagt Peer schnell und schiebt sich an ihr vorbei in die Halle. René ihm dicht auf den Fersen.

„Guten Tag, die Dame", begrüßt Herr Draeger sie höflich und kommt ebenfalls herein. Gratzki schüttelt ihr sogar die Hand.

„Wollen wir kurz in den Speisesaal?", Kommissar Gratzki stößt die angelehnte Tür auf und geht voran. Er kennt sich hier aus.

Wir folgen ihm. Alle setzen sich, außer Maria:

„Was ..."

„Setzen Sie sich doch", Draeger weist auf einen Stuhl neben sich.

„Also, wo wart Ihr genau, als Ihr angerufen habt?" Gratzki spricht in erstem Ton, ist aber nicht so unfreundlich oder gereizt, wie beim letzten Mal.

Maria guckt die beiden an, als wollte sie sagen:

„Das würde ich auch gerne wissen", kommt aber nicht dazu, es auszusprechen.

„Wir waren auf dem Weg zur Schule."

„Ihr habt Ferien", bemerkt Herr Draeger.

„Richtig. Wir haben gehofft, die Heimleitung hat es vergessen und wir haben mal 'nen Tag Ausgang."

Auf Gratzkis Gesicht deutet sich ein Lächeln an:

„Immer nur Blödsinn im Kopf, Ihr zwei!"

„Haben sie was angestellt?", Maria hat ihre Stimme wiedergefunden. Allerdings klingt sie etwas dünn.

Gratzki schüttelt den Kopf:

„Darüber wollen wir mal hinweg sehen. Denn wie es aussieht zieht Ihr mit Euren Dummheiten jedes Mal genau *die* Verbrecher an, die wir gerade suchen. Ihr solltet zur Polizei gehen. Dann müsstet Ihr eure Missionen nicht mehr heimlich durchführen", er lacht. Gratzki hat noch nie gelacht. Jedenfalls nicht, solange Peer und René ihn kennen.

„Wo habt Ihr den Transporter denn diesmal gesehen?"

„Hinten beim Wäldchen", antwortet René in ungewohnt vernünftigem Ton. „Da, wo Sie uns getroffen haben."

„Ist das der Weg zur Schule?"

„Ja, da gibt es eine Abkürzung. Liegt auf halber Strecke zum Gestüt. Da kommt man aber nur mit dem Fahrrad durch, Autos kommen da nicht hin. Gerade, als wir wieder auf die Hauptstraße wollten, haben wir den alten, klapprigen Transporter gesehen."

„Es war mit Sicherheit derselbe wie damals", ergänzt Peer, „den vergesse ich nie!"

„Außerdem war das Nummernschild das gleiche", ergänzt René.

„Du kannst Dich an das Nummernschild erinnern?", Gratzki ist sichtlich beeindruckt.

„Klar, ich habe es ja schließlich damals gesehen. Auch das werde ich im Leben nicht vergessen."

„Sie haben also nichts angestellt?", fragt Maria vorsichtig. Gratzki nickt:

„Und dann? Was geschah dann?"

„Nichts", René nimmt mit einem Wort die Hoffnung aus Gratzkis Gesicht. „Wir kamen aus dem Wäldchen. Der Transporter stand zur Straße hin. Der muss uns gesehen haben. Das kleine Stück Weg, das zur Straße führt, ist ja nicht besonders lang. Wir standen also mitten auf dem Weg und haben es ein paarmal poltern gehört. Das kam von der Laderampe hinten. Es war dasselbe Geräusch wie in dieser Silvesternacht. Daran gibt's gar keinen Zweifel."

„Uns war sofort klar, dass das der Transporter ist", sagt René.

„Wir sind natürlich gleich zurück in den Wald und haben uns versteckt."

Alle gucken gespannt auf René und Peer.

„Dann habe ich Sie angerufen. Kurz darauf wurde der Motor gestartet und der Transporter ist auf die Hauptstraße abgebogen. Wir sind nach vorne und dann kamen Sie."

„Habt Ihr den Fahrer gesehen?"

Beide schütteln den Kopf.

„Beifahrer?"

Auch nicht.

Stille.

Die Beamten denken angestrengt nach.

„Und sonst? Irgendwas?", hakt Draeger nach.

Peer und Renés Köpfe rauchen.

„Beim Wegfahren hat eines der Pferde gewiehert. Das hat sich aber nicht so richtig wie ein echtes Pferd angehört, ich weiß nicht, vielleicht eher so ..."

„... wie ein Fohlen?", beendet Gratzki Peers Satz.

„Ja! Genau!", Peer schaut René an. „Weißt Du, dieses komische Geräusch. Das war so hoch und", er schaut zurück zu dem Polizisten, „ja, ein Fohlen, das wird es gewesen sein."

„Wir konnten das nicht einordnen, weil es so hoch war, fast schon quietschend."

„Es ist eine Großfahndung eingeleitet", erklärt Herr Draeger als René vorprescht:

„Und was ist mit Ihnen? Haben Sie nichts erreicht? Sie sind doch hinterhergefahren!"

Für einen Moment herrscht Totenstille. Man könnte eine Stecknadel fallen hören. Nur jemand, der so unbedarft ist wie René, wagt es, ohne Furcht einer Autoritätsperson eine so direkte Frage zu stellen. Maria hält den Atem an. Peer auch.

„Richtig, wir sind hinterher", Gratzki löst die Spannung. Er ist weder wütend noch entsetzt, sondern geht mit vollkommener Gelassenheit auf Renés Frage ein, „aber wir haben sie nicht gekriegt. Darum haben wir sofort eine Fahndung eingeleitet. Sämtlich Straßen werden kontrolliert, einige Hauptstraßen sogar gesperrt. Hier ist ohnehin kaum jemand unterwegs, da kann man das schon mal machen. Alle halten nach dem von euch beschriebenen Transporter Ausschau und an allen Grenzübergängen Deutschlands haben sie das Kennzeichen."

„An welchen Grenzübergängen?", fragt Peer frech. „Wir leben in der EU, schon vergessen? Seit wann kontrollieren wir noch die Grenzen?"

Er hat natürlich Recht.

Wenn der Transporter hier nicht gefasst wird, dann ist es eine Leichtigkeit für die Pferdediebe, das Land ungesehen zu verlassen. Den Kriminalpolizisten ist das durchaus bewusst. Alle im Raum wissen das und dieses Wissen liegt wie ein dunkler Schleier über ihnen.

„Und was jetzt?", fragt René vorsichtig.

Draeger und Gratzki verabschieden sich und verlassen den Raum. Maria geht in die Küche. René und Peer bleiben alleine zurück.

„Irgendeine Idee?", fragt Peer, hat jedoch wenig Hoffnung, dass sein bester Freund den zündenden Plan bereit hält, wenn die Polizei ihn schon nicht hat.

„Hab ich!", René springt auf, „komm!"

Peer folgt ihm, auch wenn er keine Ahnung hat, was als nächstes passiert.

17

„Juna?"

Hannas Stimme hallt quer durch den Stall. Ich bin gerade dabei, Jorafina zu putzen und weil ich sie nicht verängstigen möchte, rufe ich nicht zurück, sondern lege mein Putzzeug hin und laufe der Stimme entgegen:

„Ja?", sage ich leise, als Hanna mich sieht.

„Wir müssen mit den Fohlen vorne auf den Platz."

„Wie? Vorne auf den Platz?"

„Na, auf den großen Festplatz, auf dem die Show stattfinden soll. Die Kleinen müssen doch wenigstens mal sehen, was sie erwartet. Ansonsten musst Du damit rechnen, dass sie mit Dir da drinnen keine einzige Runde drehen. Die Zuschauer werden ihnen schon unheimlich genug sein, da sollten sie wenigstens zum Platz Vertrauen haben."

„Klar", antworte ich etwas zögerlich, „jetzt gleich?"

„Jetzt gleich! Hast Du die Fohlen fertig?"

„Zwei hab ich noch. Die anderen sind aber durch. Und unsere Prinzessin mache ich gerade."

„Jorafina?"

Ich nicke.

Hanna kommt mit mir hinter den Stall, wo die kleine Stute angebunden auf dem Putzplatz steht. Die Fohlenweiden beginnen direkt dahinter. Sie blinzelt so vorsichtig zu uns rüber, als wäre es unanständig, uns anzugucken.

„Na, mit der kann das ja was werden", Hanna wirft mir einen Blick zu, der dasselbe sagt, wie ihre Worte.

„Du musst sehr leise mit ihr umgehen", flüstere ich. „Am besten ist es, überhaupt nicht zu sprechen."

„Da ist ja eine Show wie unsere genau das Richtige für sie!", bemerkt sie.

Ich binde Jorafina los:

„Lass uns gehen. "

„Und wen soll *ich* nehmen?"

Ich drücke ihr den Strick in die Hand:

„Sie!"

Hanna ist etwas irritiert.

„Ich nehme Winston. Die Hauptattraktion des Tages möchte ich natürlich selber vorführen."

Ich drehe mich um und greife mir einen weiteren Strick und ein kleines Halfter. Trotzdem entgeht mir nicht, wie Hanna verstohlen grinst:

„Und? Wie funktioniert der?"

„Super! Winston läuft von ganz alleine. Ein Naturtalent eben. Ein echter Superstar!"

„Hol mal Deinen Superstar von der Weide, sonst stehen wir morgen noch hier."

„Schon dabei!"

Ich klettere über den Zaun und winke. Winston kommt sofort angelaufen. Der will natürlich nicht verpassen, was hier los ist.

„Mein Schatz!", ich streichle ihm über sein Gesicht und die Ohren. Er genießt das und reibt gleich erst mal wieder seinen Kopf an mir.

„Komm, jetzt gibt's Abenteuer. Du wirst Augen machen!"

Ich halte ihm das Halfter hin und sofort versenkt er wie gewohnt seine Schnauze darin. Den Strick befestige ich wie immer der Form halber am Halfter, nicht jedoch aus Notwendigkeit. Kaum, dass ich mich in Bewegung setze, weicht Winston keinen Zentimeter von meiner Seite.

„Kannst ihn ja auf den Arm nehmen", scherzt Hanna.

„Mein Süßer, willst Du auf den Arm?", wende ich mich zu meinem Sonnenschein. Der hebt sofort seinen Kopf, spitzt die Ohren und guckt wie:

„Tolle Idee! Jetzt sofort?"

Hanna lacht. Kaum ist Winston im Spiel, muss ich auch lachen. Er lacht allerdings nicht, sondern hüpft nur ein paarmal etwas unbeholfen auf der Stelle herum und gibt dabei seine legendären Quieklaute von sich. Hanna muss immer mehr lachen:

„Habt Ihr irgendwelche Kunststücke für Samstag einstudiert?"

„Handstand und Salto Überschlag."

Hanna kriegt sich nicht mehr ein. Jorafina findet das allerdings gar nicht so lustig. Die steht mit eingedrücktem Schweif und gesenktem Kopf in Hab-acht-Stellung, so weit weg von Hanna, wie es der Strick hergibt, und guckt scheu. Wenn sie könnte, würde sie den Kopf einziehen.

Ich gehe vorsichtig einen Schritt auf sie zu und spreche sie mit leiser Stimme an:

„Du musst jetzt keine Angst haben, Schatz, das ist doch nur Winston, der Clown. Den kennst Du doch."

Klar kennt sie Winston. Alle anderen Fohlen würden jetzt Gefahr laufen, von ihm gezwickt zu werden, sobald ich ein anderes Pferd streichle, als ihn. Doch die kleine Jorafina lässt er in Ruhe, denn sie mag er am liebsten von allen. Die beiden stehen oft dicht beieinander und grasen, selbst dann, wenn alle anderen weit verstreut oder gar auf der anderen Seite der Koppel sind.

„Führen wir die Fohlen zusammen vor?", frage ich Hanna, als wir die große Allee runterlaufen.

„Ja, ich denke schon. Weißt Du denn, was Du machen sollst?"

„Ich denke mal Schritt, Trab und Galopp an der Hand und hinstellen, oder?"

„Ja, so habe ich mir das auch gedacht. Hast Du das geübt?"

„Klar. Winston kann das natürlich."

„Klar, Winston kann das natürlich!", macht sie mich nach, „aber die Fohlenaufzucht besteht ja nicht nur aus

Winston. Was ist zum Beispiel mit der hier?", sie hält den Strick, den sie in der Hand hat, hoch. Sofort reagiert die Stute, wirft ihren Kopf nach hinten und bleibt stehen. Hanna seufzt:

„Komm Kleines", sagt sie so beruhigend wie möglich, aber Jorafina glaubt erst mal nicht, dass alles in Ordnung ist und weigert sich, weiter zu gehen.

„So! Aber Winston kann das natürlich!", wiederholt sie.

„Die Fohlen müssen wir definitiv zusammen nach vorne bringen. Winston kann ich zwar alleine nehmen, aber bei der brauche ich dringend Hilfe", ich deute mit dem Kopf auf Jorafina, ohne, dass sie es bemerkt. „Sie wird ohne ein zweites Pferd, an dem sie sich orientieren kann, keinen Schritt außerhalb ihrer gewohnten Umgebung machen. Und am Festplatz, wenn er voll mit Menschen ist, wird sie schon gar nicht vorbeigehen. Vorausgesetzt, wir kommen da überhaupt an."

Wir haben schon fast das Ende der Allee erreicht. Der große Platz liegt zu unserer Linken, der Eingang ist jedoch vorne am Weg. Hanna:

„Wir müssen mit allen Fohlen hier nach vorne und die Stuten muss ich auch noch machen."

„*Wir* müssen die Stuten auch noch machen. Da sind wir ja auch zu zweit", ich lächle sie an.

„Das reicht nicht. Wir brauchen einen dritten Mann. Wir können nicht für jedes Tier einzeln den ganzen Weg hin und her laufen, sonst ist die Show zu Ende bevor wir überhaupt da sind."

„Sie bitte brauchen Hilfe, die Damen?"

Der nette Herr von Meinau guckt über den Zaun. Er steht auf dem Platz, hält eine Harke in der Hand und muss dabei gewesen sein, die Reste des Rasens zusammenzukehren, den Marek gemäht hat.

Hanna und ich gucken etwas dumm, Winston frech und Jorafina gar nicht.

„Entschuldigung, Dimitrij ist mein Name. Wir haben uns schon gehabt das Vergnügen", er hebt wieder charmant seine Mütze an und lächelt mir zu. „Gnädige Frau von Barnstedt hat angerufen und gefragt, ob ich und meine Kollege hier her kommen können und helfen bis Wochenende."

Er stellt seine Harke hin, geht zum Tor und kommt das kleine Stück der Allee auf uns zu.

„Ich habe beobachtet die kleine Pferd", erklärt er in so vertrauensvollem Ton, dass sogar ich ihm auf der Stelle blind folgen würde.

„Darf ich?", er tritt an die Stute heran. Die ist ungewöhnlich ruhig.

„Schönes Mädchen", spricht er in demselben ruhigen Ton, „wie ist denn Deine Name?"

„Jorafina", sagt Hanna mit solch einer zarten Stimme, dass ich für einen Augenblick das Gefühl habe, sie nicht zu kennen.

Der Mann streicht ihr ganz vorsichtig über den Hals und den Rücken:

„Jorafina", wiederholt er kaum hörbar, „was für eine schöne Name für eine Prinzessin."

Er lächelt. Ich glaube, wenn Jorafina könnte, würde sie jetzt zurücklächeln. Er öffnet die Hand und deutet an, dass er die Stute nehmen würde. Hanna lässt den Strick von ihrer Hand in die seine gleiten.

Dimitrij strahlt etwas Magisches aus. Irgendetwas, das nicht von dieser Welt ist. Doch nicht, dass er nicht bodenständig daher kommt oder gar ausgeflippt wäre, das ist er sicher nicht. Doch ihn umgibt ein Hauch des Geheimnisvollen, wie einen Zauberer, oder einen Weisen, oder einen Druiden. Seine Freundlichkeit ist durchsetzt mit Sentimentalität und seine Augen spiegeln eine Tiefe, die einen glauben lässt, er könne mit einem Blick Eisberge zum Schmelzen bringen.

„Komm, Du hübsche Prinzessin", wendet er sich dem Stutfohlen zu. Die Worte hätte er gar nicht aussprechen müssen, denn Jorafina folgt ihm auf dem Fuß.

Hanna steht da, sagt nichts und schaut den zweien nach.

Sogar Winston ist still. Und das will schon was heißen.

„Hanna?", versuche ich sie anzusprechen.

Sie reagiert nicht. Sie ist fest gewachsen.

„Wenn das Henrik sehen würde!", sage ich etwas lauter.

„Bitte wie?", sie schaut mich an. Ihre Augen wirken glasig und ihr Blick sagt mir, dass sie sich gerade in irgendeinem Paralleluniversum befindet, weit weg von hier. Vielleicht sollte ich sie lieber festhalten, damit sie nicht davonfliegt?

„Hallo", ich winke ihr aus einem Abstand von einem Meter zu, „Erde an Hanna! Erde an Hanna! Wollen wir vielleicht mal auf den Platz gehen?"

Ich nehme Winston und folge Dimitrij und Jorafina. Zwecklos, mit jemandem zu sprechen, der in einem Paralleluniversum unterwegs ist.

Die arme Hanna wurde komplett verzaubert. Sie wirkt wie ein anderer Mensch. Dimitrij hat nicht einmal *sie* vorausgesehen; obwohl sie Hellseherin ist.

18

„Könnt Ihr mir sagen, wo Ihr hin wollt?"

Peer und René drehen sich um. Maria.

„Äh", stammelt Peer.

„Geheime Mission", versucht René die Situation zu erklären.

Die zwei Jungs stehen mit gepackten Rucksäcken in der großen Eingangstür des Hauptportals, ausgerüstet, als würden sie verreisen.

„Keine weiteren Geheimmissionen", ordnet Maria an, „davon hatten wir genug, meint Ihr nicht?"

Die Jungs würden lügen, wenn sie jetzt nicken würden. Sie bleiben stumm.

„Eure Sachen könnt Ihr wieder aufs Zimmer bringen. Und dann muss der alte Schuppen im Garten aufgeräumt werden. Das war für die Ferien angesetzt! Tausend Mal besprochen. Ich habe nämlich *nicht* vergessen, dass Ihr keine Schule habt!"

„Tausend Mal ist aber ein bisschen übertrieben", sagt René leise.

Maria zeigt in Richtung Hinterhof:

„Schuppen! Jetzt!"

Die beiden Geheimagenten bringen schweren Herzens ihre Sachen hoch und machen sich auf, um die Operation ‚Schuppen' in Angriff zu nehmen.

„So viel altes, verstaubtes Zeug", schimpft Peer.

Der halbe Schuppen ist leer und Peer ist von oben bis unten mit Dreck und Staub besudelt. René sieht nicht viel anders aus.

„Na, da sind wir ja weit gekommen!", Peer ist sichtlich schlecht gelaunt.

„Kann ich was dafür, dass wir hier so'n Blödsinn machen sollen?"

„Was war denn das überhaupt für eine bescheuerte Idee? Per Anhalter nach Marktorf trampen. Du glaubst wohl, nur, weil das der nächste Grenzort ist, dass alle Leute, die da wohnen, Bescheid wissen, oder was?"

„Schon gut, schon gut! Hast ja recht! War 'ne Scheißidee."

Lustlos schmeißen sie so ziemlich alles, was sie im Schuppen finden, auf die große Rasenfläche.

„Das kann alles der Sperrmüll abholen", auch René hat schlechte Laune.

„Guck mal hier", Peer zieht mit einem lauten Rums ein altes Fahrrad aus dem Gerümpel und stellt es vor den Schuppen. Es ist vollkommen verbeult, die Reifen sind platt und der hintere Schlauch hängt wie eine Weihnachtsgirlande um die Achse. Außerdem ist es komplett verrostet. Er betrachtet es eingehend:

„Na, mit dem alten, klapprigen Teil kommt man aber nicht mehr weit."

René, der neben ihm steht, zuckt kurz zusammen:

„Was hast Du da eben gesagt?"

„Bist Du taub, oder was?"

„Nein, nein! Sag doch mal!"

„Na, dass man damit wohl nicht mehr weit kommt."

„Mensch Alter!", René schlägt sich an die Stirn, „das ist es!"

Peer zieht eine Augenbraue hoch und guckt seinen Freund an, als wäre es Zeit, den Arzt zu rufen:

„Aha! Das ist es! Ein altes, klappriges Fahrrad mit dem kein Mensch mehr fahren kann. Verstehe!"

„Mann, denk doch mal nach! Haben wir den Polizisten nicht von dem alten, klapprigen Transporter erzählt."

„Ja, René, haben wir. Darum wollten wir ja auch nach Marktorf trampen und ..."

„... und damit kommt man nicht mehr weit!", er zeigt aufs Fahrrad.

Peers Groschen fällt so langsam, dass man ihn fast hören kann:

„Ach, Du meinst ...?", ein erwartungsvoller Blick macht sich auf Peers Gesicht breit.

„Die können nicht weit gekommen sein", erklärt René mit selbstsicherer Stimme, „der alte Transporter sah ja fast so klapprig aus, wie dieses Fahrrad. Und vielleicht ist das ja der Grund, warum die Polizei sie bis jetzt nicht gefunden hat. Weil sie immer so weit weg suchen, an den Grenzen und so."

„Und das ausländische Nummernschild ist vielleicht ja auch nur eine Attrappe, um die Behörden in die Irre zu führen und in Wirklichkeit ..."

„... sind sie hier."

19

Winston läuft wie am Schnürchen. Kaum, dass ich beginne, im Trabtakt auf der Stelle zu wippen, fällt er ein und wir traben im Gleichschritt die lange Seite des großen Außenplatzes entlang.

„Sehr gut!", ruft Hanna vom Eingang aus, „und jetzt galoppier' ihn mal an."

Gesagt, getan. Kaum imitiere ich mit meinen Schritten den Galopptakt, macht Winston es mir nach und galoppiert seelenruhig an meiner Hand neben mir her. Als ich dem Eingang näher komme, pariere ich durch und laufe die letzten Meter im Schritt auf Hanna und Dimitrij zu, der immer noch die kleine Jorafina am Strick hält.

„Gut!", ein wenig Bewunderung schwingt in Hannas Stimme.

„Ihr seid eine schöne Paar", bemerkt Dimitirj, seine Stimme ist so sanft, dass Hanna und Jorafina kurz davor sind, zu schmelzen. Wenn nicht die Hitze uns bald schmelzen lässt, denn die ist heute mal wieder unerträglich. Im kühlen Schatten der Bäume lässt es sich ganz gut ertragen, aber in der prallen Sonne, wie hier auf dem Platz, sind es gefühlte 50 Grad.

„War das gut so?"

„Das war sehr gut. Du weißt ja, was Du bei der Show machen musst?"

„So wie eben? Einmal rum?"

„Einmal auf jeden Fall", erklärt Hanna, „vielleicht sogar zwei Mal. Wir müssen sehen, wie das mit der Zeit ist. Ich weiß nicht genau, wie lange die für uns eingeplant haben."

„Darf ich dazu sagen meine Gedanken?", wir schauen Dimitrij an. Hanna nickt, möchte antworten, ist aber gleich wieder wie verhext und ihre Stimme ist weg.

„Die Fohlen sind so zauberhaft, Ihr solltet machen etwas mehr Runden, damit die Menschen sie auch können richtig bewundern."

Hanna nickt; ob schon wieder oder immer noch, ist schwer zu sagen.

„Das ist eine gute Idee", meine ich. Hannas Blick wandert von ihm zu mir. „Die Leute sollen ja einen ordentlichen Eindruck von den Kleinen bekommen, meinst Du nicht?", sage ich.

Hanna nickt stetig. Was soll's? Keine Ahnung, ob sie uns hört oder nicht. Ich nehme ihr Nicken als ein bewusst formuliertes 'ja'.

„Und jetzt Jorafina!"

„Jorafina?", Hanna schaut mit glasigen Augen die Stute an, „ach ja, natürlich." Sie greift gerade nach dem Strick, als Dimitrij sie anlächelt und ihr die Stute übergeben will. Gleich fliegt Hanna weg. Ich greife ihr ans T-Shirt und ziehe einmal am Ärmel.

„Gut", Hanna wendet sich zu mir.

Wow! Sie ist noch hier!

„Haben wir eine Gerte?", fragt sie.

„Haben wir", ich nehme die Dressurgerte, die ich mitgebracht und an den Zaun gestellt habe. Für Winston brauche ich sie nicht. Aber Jorafina braucht etwas eindeutigere Hilfen, um zu verstehen, was sie soll. Das bedeutet natürlich nicht, dass wir die Fohlen damit schlagen. Wir berühren sie nicht einmal mit der Gerte. Sondern es beutetet lediglich, dass wir ihnen mit dem Heben und Senken der Gerte zeigen, wann sie antraben sollen, und wann durchparieren. Etwa so, wie Dirk es mit dem Arm im Longierzirkel macht, wenn er mit Monti arbeitet.

„Gib sie mir mal. Im Notfall muss ich ein wenig von hinten nachhelfen, damit sie weiß, dass sie vorwärts laufen soll."

„Wir haben das zwar schon geübt", erkläre ich ihr, „aber hier auf dem fremden Platz ist das natürlich etwas anderes. Ich weiß nicht, ob sie sich in einer neuen Umgebung noch daran erinnern kann, dass wir das eigentlich schon können."

Hanna führt die Stute an und versucht anzutraben. Man macht das immer nach dem gleichen Muster: Man beginnt, im Trabtakt langsam zu laufen, gibt mit der Hand den Impuls nach vorn, in der Hoffnung, das Tier an der Hand fällt ein. Ältere Pferde kennen das und machen das meistens anstandslos. Aber die jungen verstehen oft nicht, was man von ihnen will, auch wenn man es schon mit ihnen geübt hat und sie es eigentlich kennen sollten.

Viele Tiere brauchen mehrere Anläufe, um eine Sache wirklich zu verstehen und zu verinnerlichen. Es gibt jedoch auch solche, denen man gewisse Dinge nur ein Mal erklären muss und dann können sie es. Winston zum Beispiel. Der kann sowieso alles. Der hat bisher noch nie Probleme gemacht.

Hanna versucht, Jorafina anzutraben. Kaum spürt die Stute den Strick an ihrem Halfter mit etwas mehr Zug, als sonst und schon bleibt sie stehen, reißt ihren Kopf hoch und wehrt sich gegen Hannas Hand.

Hanna stellt sich neben Jorafina und hebt ganz leicht die Gerte, gerade so, dass die Stute es sieht, doch nicht so hoch, dass sie einen Schreck bekommt. Jorafina erschreckt sich trotzdem und macht einen Satz nach vorn. Hanna läuft wieder an, will den Augenblick nutzen, um loszutraben, doch da bleibt die Stute auch schon wieder stehen. Ihr ist das offensichtlich zu viel.

„Juna! Wie machst Du das bloß mit der? Die funktioniert ja überhaupt nicht!"

Ich gebe Dimitrij Winston in die Hand und gehe zu Hanna, die etwas hilflos dreinschaut. Jorafinas Blick sieht nicht viel anders aus.

„Ich nehme sie vorne, Du kommst von hinten, damit sie versteht, dass sie vorwärts gehen muss."

Ich stelle mich neben Jorafinas Kopf und gehe los. Ganz sachte beginne ich zu schwingen, gerade so vorsichtig, dass sie keine Angst bekommt.

Hanna steht ein paar Meter hinter mir, aber nicht direkt hinter der Stute. Die würde sofort den nächsten Satz nach vorn machen, wenn Hanna aus dem Nichts heraus ihre Hände heben würde, darum steht sie seitlich von der Stute, damit sie nicht aus ihrem Blickwinkel verschwindet. Auf diese Art und Weise sieht Jorafina genau, was Hanna tut und Hanna hat die Möglichkeit, mit langsamen Bewegungen auf sie einzuwirken.

Hanna hebt vorsichtig ihren Arm und deutet ihr, vorwärts zu gehen. Jorafina reagiert. Sie trabt an. Gleichmäßig traben wir die ganze Seite herunter, durch die Ecke, die Längsseite entlang, bis zu den Bäumen.

„Sie muss mehr vorwärts gehen. Wenn sie so vor sich hinschlurft, sieht man von ihrer grazilen Figur und den ausladenden Gängen wenig." Ich bekomme die Worte kaum heraus, so warm ist mir und so trocken ist mein Mund. „Haben wir was zu Trinken hier?"

„Nein, ich hab nichts dabei."

„Daran müssen wir das nächste Mal unbedingt denken."

Wir schauen zum Eingang. Dimitrij dreht sich gerade um und geht. Der wird anderes zu tun haben. Winston ist am Zaun festgebunden und schaut zu uns rüber. Hanna hat für einen kurzen Augenblick wieder glasige Augen, die aber verschwinden, als Dimitrij um die Ecke biegt und aus unserem Blickfeld verschwindet:

„Na los, noch einmal, mit etwas mehr Schwung."

Jorafina ist auch geschwitzt, was ihrer Aufregung jedoch keinen Abbruch tut. Winston lässt uns keine Sekunde aus den Augen. Wir sind noch eine weitere halbe Stunde mit der Stute beschäftigt, als es dann endlich klappt und wir völlig erschöpft und schweißgebadet sind. Gerade will ich Winston abbinden, als Dimitrij wieder kommt:

„Ich haben gebracht eine bisschen zum Trinken. Ich habe gedacht, es ist sehr heiß."

Diesen Menschen schickt tatsächlich der Himmel! Hanna und ich sind völlig ausgedörrt und unsere Stimmen klingen rau wie Schmirgelpapier. Ich hab schon geglaubt, wir würden verdursten, wenn wir hier noch länger machen. Wir nehmen beide eine Flasche Wasser und trinken sie in einem Zug leer.

„Warum machen Ihr nicht beide zusammen?"

Ich stelle die leere Flasche neben den Zaunpfahl ins Gras:

„Machen wir doch. Die Stute können wir auch nur zu zweit machen."

„Nein, ich meinen, warum machen Ihr beide nicht die Pferdchen zusammen?"

Der Einfall! Warum sind wir nicht gleich darauf gekommen?

„Klar!" Meine Stimme ist wieder da, „Wir nehmen Winston als Zugpferd. Jorafina liebt Winston. Und als Herdentier, was sie nun mal ist, wird sie einfach hinterherlaufen!"

„Gute Idee."

„Und ihr brauchen Ruch auch nicht so viele machen Gedanken wegen die Zeit, wenn Ihr gleich vorzeigen zwei und nicht nur eins."

„Lass es uns gleich einmal ausprobieren."

Ich habe Winston schon an der Hand, der sich offensichtlich freut, wieder dabei zu sein. Jedenfalls tänzelt er etwas aufgeregt auf der Stelle herum.

„Komm Schatz, wir drehen noch eine Runde."

Winston quiekt kurz und läuft sofort neben mir her und wartet förmlich darauf, dass es losgeht.

„Bereit?", ich drehe mich zu Hanna, die hinter mir geht und Jorafina am Strick hat. Winston spinnt nicht gleich rum, nur weil ich mich mal umdrehe oder mich ruckartig bewege. Er ist voller Vertrauen.

Hanna nickt stumm. Klar, sie will Jorafina nicht wieder erschrecken.

Ich trabe an. Es funktioniert! Jorafina orientiert sich, wie erwartet, am Vorderpferd und folgt ohne Gegenwehr. Wir drehen eine ganze Runde und galoppieren zwischendurch sogar an. Auch das klappt perfekt.

„Ihr sehen aus wie Elfen", schwärmt Dimitrij, als wir wieder bei ihm ankommen. Ich gucke an mir herunter: ausgeleierte Jogginghose, die vor langer Zeit mal rot und jetzt grau-schwarz-rot meliert ist, ausgelatschte Turnschuhe, T-Shirt. Das geht noch. Das war mal grau, da fällt der Dreck nicht so auf. Dass so eine Elfe aussieht, wage ich zu bezweifeln.

20

„Hallo Juna! Musst Du nicht drüben bei Hanna sein?"

„Wir haben gestern alle Fohlen auf dem großen Platz vorn gehabt. Heute Nachmittag sind die Stuten dran, aber sie hat mich hergeschickt um zu fragen, was bei Dir und Marek anliegt. Was ist mit Monti? Und was ist mit dem Freispringen?"

Ich muss laut sprechen, denn Dirk reitet gerade Elysa, eine großgewachsene, dunkelbraune Stute, und ich muss mit meiner Stimme die Distanz der 20 x 45 Meter großen Reithalle überbrücken. Elysa ist noch nicht lange in Beritt. Ich kenne sie gut. Sie war eineinhalb Jahre, als ich hier her kam und erst vor zwei Monaten hat Dirk sie rüber geholt. Sie ist ganz frisch unter dem Sattel, doch ich habe viel mit ihr gearbeitet und darum ist sie an Menschen gewöhnt. Das macht das Einreiten wesentlich einfacher, als wenn die Jungtiere jahrelang in der Herde auf der Koppel stehen und sie keinen Kontakt zu Menschen haben.

Im Schritt schwankt sie noch ein wenig hin und her, hat ihr Gleichgewicht noch nicht gefunden, aber sie reagiert erstaunlich gut auf Dirks Hilfen. Er gibt mit Schenkeln und Gerte Impulse, sie nimmt an und geht vorwärts. Die Schwungentwicklung gleicht das Schwanken aus. Kaum traben die beiden an, gleiten sie in gleichmäßigem Tempo vor sich hin. Elysa, mit ihren langen Beinen und ihrem schlanken Körper, sieht aus, als schwebte sie durch die Halle, so leicht und geschmeidig sind ihre Bewegungen. Und Dirk, der ebenfalls lange, schlanke Beine hat und relativ groß gewachsen ist, passt sich automatisch an ihre Bewegungen an, verschmilzt sogleich mit den ihren und es scheint, als würden sie schon ewig zusammen gehören. Das Bild ist perfekt.

Er trabt ein paar Runden an der Bande entlang, wechselt dann durch die Bahn auf die andere Hand und trabt in der anderen Richtung weiter. Nach einer weiteren Runde pariert er durch zum Schritt. Sie wehrt sich nicht gegen seine Hand. Die muss so sanft sein, dass nicht einmal ich, die am Rand steht und ihn genau beobachtet, sehen kann, dass er sie überhaupt als Hilfe einsetzt.

Elysa gleitet vom Trab in den Schritt; ein sauberer, weicher Übergang. Dirk gibt sofort die Zügel nach. Der Schritt ist noch nicht ganz so sicher, wie der Trab. Sie geht noch etwas zögerlich vorwärts, schwankt hier und da wieder etwas.

„Für das Freispringen müssen wir die ganze Halle umbauen", erklärt Dirk, als er vor mir anhält, „die Sprünge müssen an die lange Seite gestellt werden", er zeigt auf die Seite gegenüber der Tür, an der wir stehen, „die Seiten müssen mit Bändern zugemacht werden, damit die Pferde nicht zur Mitte hin ausbrechen; in jede Ecke muss ein Sprungständer. Die Bänder werden bis zu ihnen hingezogen, damit wir hier eine richtige Gasse haben, durch die die Pferde durchlaufen können. Das machen wir am besten morgen. Dann können wir das nämlich gleich stehen lassen. Übermorgen gehe ich mit den letzten noch mal nach vorn auf den großen Platz und dann kann die Show beginnen." Er lächelt. Er ist so selbstsicher und so routiniert, wenn es ans Reiten geht, dass ich ihn, ohne es zu wollen, ein bisschen bewundere und nur ein:

„Aha", heraus bringe.

„Monti können wir gleich noch machen. Hast Du Zeit und Lust?"

Was ist denn das für eine Frage?

„Natürlich habe ich Lust!"

„Und was ist mit Deiner Zeit?"

„Die Fohlen sind soweit durch. Die stehen heute hauptsächlich draußen. Mit denen haben wir die letzten Tage viel gemacht. Der Stall ist soweit in Schuss. Wir werden auch übermorgen mit den letzten noch mal nach vorn gehen, mit denen, die noch nicht so sicher sind. Und mit den paar Stuten gehen wir heute Nachmittag auf den Platz."

„Mach' Dich auf was gefasst! Es werden Himmel und Menschen da sein. Auch am Freitag schon, weil alle ihre letzten Stände aufbauen und so. Und die Aufregung liegt ja jetzt schon so spürbar in der Luft, dass man sie fast anfassen kann."

„Notfalls nehmen wir Winston als Zugpferd mit. Der ist ganz cool."
Dirk lacht:
„Na, Hauptsache *Du* bist cool!"
Ich werde cool sein. So cool, wie man halt sein kann, wenn man von tausendmillionen Menschen beäugt wird und der Mittelpunkt aller Aufmerksamkeit ist.
Ich schau Dirk nach. Der ist wieder angeritten. Der Schritt klappt schon besser. Als er antrabt, kann ich meine Augen nicht mehr von ihm und Elysa wenden. Sie sind so ein schönes Paar!
Ich stehe noch eine ganze Weile an der Tür und schau den beiden zu.

21

„Weißt Du noch, wie es geht?", fragt Dirk mich, als wir im Longierzirkel sind und ich auf Monti sitze.
„Klar weiß ich noch, wie's geht. Ist ja erst ein paar Tage her, dass wir ihn zum letzten Mal gemacht haben."
„Siehst Du, er ist sogar ruhig, wenn Deine Stimme von oben kommt." Ich kann aus dem Augenwinkel sehen, dass Dirk lächelt.
Stimmt, ich habe bisher noch nie gesprochen, wenn ich oben saß. Monti ist vollkommen gelassen.
„Trab ihn mal an."
Ich gucke fragend zu Dirk:
„Mit Stimme und Hilfen oder nur mit Hilfen? Und Du? Machst Du nichts?"
Dirk spürt meine Unsicherheit:
„Ich gebe das Kommando, Du die Hilfen."
Gleich fühle ich mich etwas sicherer.

„Tee-rab", spricht Dirk mit sicherer Stimme.

Ich treibe Monti vorwärts und gebe vorn die Zügel nach. Er reagiert nicht.

„Komm!", Dirk schnalzt einmal mit der Zunge, „Tee-rab!"

Monti trabt an. Er ist heute nicht so gut drauf und versteht nicht so recht, was er soll. Ich habe mich die vergangenen Male immer relativ sicher gefühlt; heute ist das anders.

Monti will durchparieren. Ich treibe etwas fester. Dirk merkt das natürlich sofort:

„Komm!", er schnalzt wieder mit der Zunge.

Monti trabt weiter, wird schneller. Mir ist mulmig im Bauch.

„Galoppier ihn mal an. Vielleicht muss er sich einfach mal ein bisschen bewegen. Bleib sitzen, äußeren Schenkel eine Hand breit zurück, mit Kreuz und Schenkel ..."

Dirk kommt nicht dazu, auszusprechen, was er noch sagen wollte. Monti schießt los. Er rast außen rum, so schnell, dass im Bruchteil einer Sekunde Bilder von ihm auf der Fohlenkoppel durch meinen Kopf schießen, auf der er sich unzählige Male in den Dreck geschmissen hat, weil er die Kurven nicht kriegte.

Buckeln tut er nicht. Ich versuche mich festzuhalten.

„Beine locker, Juna! *Nicht* die Beine ran! Sonst wird er nur immer schneller!"

Dirks Worte fliegen an mir vorbei. Der Impuls mich festzukrallen ist stärker als mein Kopf, der mir natürlich auch sagt, dass das jetzt genau das Falsche ist.

„Hoo, ruhig!"

Monti reagiert nicht. Er rast und rast und rast. Er ist so schnell, dass ich seine Galoppsprünge nicht mehr auseinanderhalten kann. Sein ganzer Körper steht unter Spannung und ich habe keine Möglichkeit, auf ihn einzuwirken. Jede einzelne seiner Muskelfasern steht unter Stress. Meine Hände fassen vorne in die Kammer vom Sattel; lange halten kann ich mich nicht mehr.

„Bleib drauf!", ruft Dirk von unten.

Als ob jetzt der Moment wäre, Witze zu machen!

Monti ist mittlerweile blind und taub für alles, was von außen kommt. Ich kenne ihn. Er wird nicht anhalten, außer irgendetwas passiert, das seiner Panik ein Ende setzt. Und es passiert, was passieren musste: Seine Beine rutschen unter ihm weg und wir beide schlagen aus vollem Jagdgalopp hin.

Ich spüre einen dumpfen Aufprall, dann überall Sand, in meinem Gesicht, im Mund, in den Augen, im T-Shirt. Mein Bein ist taub, Monti rudert mit seinen Beinen, er liegt auf der Seite, sein Rumpf direkt über mir. Dirk schreit und Montis Hufe poltern an der hölzernen Umrandung des Longierzirkels. Ich presse meine Augen zusammen und versuche meine Beine an mich zu ziehen. Monti richtet sich auf und will aufspringen. Reflexartig nehme ich mein Bein, auf dem er lag und reiße es auf die andere Seite. Er springt mit einem Satz und völlig unkoordiniert auf. Hoffentlich trampelt er jetzt nicht noch auf mich rauf, wenn er in seiner Panik gleich wieder los rast.

Ich kriege keine Luft mehr. Der Aufprall in voller Länge auf dem Sandboden hat meiner Lunge einen Schock versetzt. Ich versuche zu atmen, muss husten, weil ich Sand im Mund habe.

„Juna!", höre ich Dirks Stimme von weitem. Dann verlässt mich mein Bewusstsein und es wird dunkel.

22

„Juna, Juna", ich spüre, wie eine Hand meine Schulter ergreift und mich leicht schüttelt. Ich liege zusammengekrümmt auf dem Boden im Longierzirkel. Meine Lunge scheint sich etwas entspannt zu haben, denn ich kann wieder leicht atmen; noch nicht tief, aber flache Züge gehen schon. Die Hand dreht mich vorsichtig auf den Rücken. Ich erblicke Dirk über mir.

„Siehst Du! Darum will ich nicht, dass Du auf die jungen Pferde steigst!"

Ich schließe für einen kurzen Moment meine Augen, öffne sie wieder, sehe Dirk immer noch über mir:

„Das hätte Dir genauso passieren können", flüstere ich. Keine Ahnung, ob er ein Wort verstanden hat, denn er schüttelt nur seinen Kopf.

Meine Atemzüge werden tiefer, langsam komme ich wieder zu Bewusstsein. Die Tür geht auf und Marek kommt herein.

„Mach die Tür zu!", sagt Dirk in harschem Ton.

Marek erfasst sofort den Ernst der Lage und schließt augenblicklich die Tür:

„Ich habe Dich schreien hören", er schaut Dirk an.

„Sonst noch wer?"

„Nein, es ist sonst niemand hier."

Monti steht ganz ruhig da und guckt, genau wie Marek und Dirk, zu mir runter, fast so, als würde er fragen:

„Was machst Du denn da?"

Ich muss unwillkürlich ein wenig lächeln.

„Und, alles in Ordnung?"

Ich versuche, mein Bein zu bewegen, ziehe es langsam an mich heran und spüre, wie es schmerzt:

„Ah!", entfährt es mir.

„Was gebrochen?"

Dirk schaut Marek mit einem so scharfen Blick an, als hätte er gefragt, ob er Dirk den Kopf abreißen soll.

„Nein", sage ich leise.

Mein Bein schmerzt. Beide schauen mich an.

„Das werden wir nie wieder ..."

Ich winke ab. Ich habe jetzt keine Lust auf Dirks Vorhaltungen.

Allmählich werde ich klarer im Kopf. Ich klopfe mir den Sand aus den Sachen und aus den Haaren, spucke ein paar Mal auf den Hallenboden und versuche, auch den letzten Rest des Dreckes aus meinem Mund los zu werden.

„Jetzt seid ihr ja quitt!", Marek guckt frech und lächelt keck, „das erste Mal hattest Du was am Bein", er zeigt auf Dirk, „und Juna hat die Situation gerettet. Jetzt bist Du dran. Zeit, sich zu revanchieren."

„Sehe ich genau so", meine Stimme klingt wie ein Mülleimer, da ich immer noch nicht richtig Luft kriege und vom ganzen Sand heiser bin.

„Was soll denn das heißen?", Dirk steht auf, hat Monti an der Hand, der bestimmt hofft, ein Stück Apfel abzustauben.

Ich versuche auch aufzustehen. Ein schmerzerfüllter Seufzer entgleitet mir, der den zwei Herren nicht entgeht. Das erste Mal, seit ich sie kenne, sind die um mich besorgt.

„Geht's?", Marek reicht mir seine Hand. Ich nicke:

„Ja, muss gehen!"

Dirk lächelt erleichtert:

„Kannst Du laufen?"

Ich versuche, ein paar Schritte zu machen. Mein Bein schmerzt fürchterlich.

„Was sagst Du den Barnstedts, wenn sie fragen?", Dirks Stimme ist so leise, als würden sie direkt hinter der Holzwand stehen und uns belauschen.

„Sie werden es nicht erfahren", ich bin entschlossen, mir nichts anmerken zu lassen. Egal, wie weh es tut.

„Das meine ich mit revanchieren", sagt Marek.

Dirk schaut ihn an.

„Halt einfach Deinen Mund und trag es ihr nicht nach", Marek erwidert seinen Blick und schaut ihm direkt in die Augen. „Lass sie weiter reiten und hilf ihr. Sie hat es verdient."

Ich bin sprachlos! Dirk offensichtlich auch. Er guckt betreten zu Boden. Er macht sich Sorgen und ihm ist nicht wohl bei der Sache. Das ist nicht zu übersehen.

„Ich muss keine jungen Pferde reiten, Dirk. Ist schon Okay." Ich wundere mich selbst über meine Worte, aber sie kamen einfach, ohne Vorwarnung. Es zerreißt mich, nicht zu reiten, aber ich sehe, wie schwer es Dirk auf der Seele lastet.

„Dirk hat Recht", sage ich zu Marek.

„Womit? Er hat doch gar nichts gesagt!"

„Nein", erwidere ich, „gesagt nicht."

Dirk guckt zu mir rüber. Seinem Blick entspringt, das erste Mal seit ich ihn kenne, Achtung und Anerkennung. Wir verharren ein paar Momente schweigend, als Marek die Stille unterbricht:

„Trotzdem bist Du ihr Deine Hilfe schuldig. Das ist meine Meinung. Was ist denn mit den Schulpferden? Hat die Barnstedt nicht neulich mit Dir gesprochen?"

„Schulpferde?", frage ich erstaunt. Das höre ich zum ersten Mal.

„Sie schlug neulich vor, dass Du unsere Schulpferde reiten könntest und fragte mich, was ich dazu denke. Ich habe bisher nichts dazu gesagt, weil wir Monti hatten und dann die ganzen Vorbereitungen mit der Show. Außerdem werde ich es nicht schaffen, jeden Tag mit Dir rüber zur Akademie zu fahren, um dort Unterricht zu geben. Darum habe ich erst mal nichts gesagt."

„Wie ...", mir stocken die Worte. „Die Barnstedt will, dass ich reite?"

Ich verstehe die Welt nicht mehr. Nie im Leben hätte ich das gedacht. Ich stehe wieder aufrecht und gerade. Meine Schmerzen nehme ich plötzlich nicht mehr wahr.

„Dann kommt sie halt zu Dir", Mareks gute Laune ist ungebrochen, „nach der Show hat sie ja noch drei Wochen, oder? Drei reichen doch locker, um alle Pferde ein paar Mal geritten zu haben. Und wenn sie Zeit hat, dann kommt sie halt mehrmals am Tag her."

„Wie meinst Du das!", fragt Dirk.

„Ihr müsst doch nicht in die Akademie zum Reiten. Lass sie herkommen. Sie kann die Pferde rüberreiten und hier in die Halle kommen. Dann könnt ihr zusammen trainieren und Du kannst hier Unterricht machen. Und wenn Du selber reitest, kann sie sich ein wenig mit den Pferden einfummeln und vertraut machen", Marek grinst mir zu und zeigt auf mich, „das schafft die schon alleine, wirst'e sehen."

Dirks Anspannung lässt sichtlich nach:

„Das ist gar keine so schlechte Idee. Juna?"

„Soll ich jetzt nein sagen, oder was? In einer Milliarde Jahre nicht!"

Marek und Dirk lachen. Monti scharrt mit den Hufen im Sand. Er will seinen Apfel haben. Ich hole ein Stück aus meiner Tasche und gebe es ihm.

„Dafür, dass er Dich abgeworfen hat?", Dirk beobachtet mich, hält mich aber nicht davon ab.

„Nein, dafür, dass er so geduldig zuhört."

Ich zwinkere ihm zu. Er erwidert nichts.

„Setz' Dich noch einmal kurz rauf. Damit wir die Sache rund beenden."

Marek verlässt den Zirkel wieder. Ich setze mich noch mal auf Monti und reite ein paar Runden Schritt. Er fühlt sich entspannter an, als vorhin, und ruhiger. Wir traben sogar noch einmal an und das Gefühl ist so gut, dass ich noch zwei Runden Galopp dran hänge, bevor ich ihn wieder zum Schritt durchpariere und absteige.

Mein Bein spüre ich zwar, aber das stört mich im Moment nicht besonders. Die Freude darüber, dass ich für den Rest meiner Ferien Reiten darf, übermalt alles und durchströmt den ganzen Longierzirkel. Sie gibt mir Sicherheit und Kraft. Wie lange habe ich darauf gewartet? Wie lange habe ich mich danach gesehnt, endlich auf die Pferde zu dürfen? Jetzt ist es soweit! So eine Kleinigkeit, wie dieser lächerliche Sturz, vermag meine Freude nicht zu trüben.

23

Ich versuche, mir meinen Schmerz nicht anmerken zu lassen, als Hanna sich umdreht:

„Ich bin ja mal gespannt, wie Indira sich anstellt. Hoffentlich nicht so kompliziert wie Jorafina."

Ich klopfe die Stute, die ich an einer Trense führe:

„Indira ist lange nicht so scheu. Außerdem ist sie ja schon wesentlich älter als Jorafina und sollte nicht auf jede Kleinigkeit reagieren."

„Indira ist die Mutter, vergiss das nicht. Sie kann auch sehr sensibel sein, wenn sie ihre fünf Minuten hat."

Ich versuche, Hanna zuzulächeln und verziehe mein Gesicht zu einem angespannten Grinsen. Der Schmerz hat sich zusammengezogen und sich mittlerweile im Knie gesammelt. Mit jedem Schritt nimmt er zu.

Wir sind schon am Jungpferdeberitt vorbei und an der Geländestrecke. Auch den Abzweig zum Gestütsfriedhof haben wir hinter uns gelassen und der große Außenplatz ist schon zu sehen.

Dimitrij ist oben auf den Tribünen beschäftigt und man hört, wie er mit dem Hammer das Holz bearbeitet. Letzte Reparaturen wahrscheinlich. Marek sitzt auf einem kleinen Trecker und mäht Rasen.

„Und bei dem Krach wollen wir die beiden Stuten rumführen?"

„Am Wochenende wird hier noch viel mehr los sein", Hanna wirkt gelassen.

Kaum haben wir die letzte Baumreihe hinter uns gelassen, blickt Indira auf. Ihre Aufregung steigt, ich spüre das an ihrer Körperspannung. Hanna beobachtet mich:

„Und?"

Ich klopfe Indira erneut, gucke Hanna an und sage nichts.

Hannas Stute ist ganz ruhig. 'Cool', wie Dirk jetzt sagen würde. Sie ist allerdings auch eine unserer ältesten. Cora. Ihr kleines Hengstfohlen hüpft dagegen wie ein Flummi um die Mutterstute herum. Sein Name ist Ratio, aber wir nennen ihn Hanniball, weil er immer so aufgeregt ist und keine Möglichkeit auslässt, herumzuspringen und Faxen zu machen.

Indiras Kleines ist dagegen ganz schüchtern. Ich habe es schon fast vergessen. Es ist ebenfalls ein Hengstfohlen und man merkt deutlich, dass er mit Jorafina verwandt ist. Santos versteckt sich hinter der Mutterstute und versucht so gut es geht, sich unsichtbar zu machen.

Wir erreichen das Tor und gehen auf den Platz.

„Vielleicht sollten wir sie einfach mal laufen lassen, damit sie sich umgucken können?"

„Dann zertrampeln sie hier den ganzen Rasen und die Barnstedts bringen uns um."

Hanna hat natürlich Recht. Das war eine dumme Frage. Es muss mein Knie sein, das mich auf solche Ideen bringt.

„Wir nehmen sie an die Hand und laufen einmal außen rum. Ich gehe mit Cora voran, Du mit Indira hinterher. Aber halte großen Abstand. Indira braucht kein Zugpferd, so wie Jorafina. Die kann alleine laufen. Galoppieren brauchen wir nicht. Es sollen ja hauptsächlich die Fohlen gezeigt werden und nicht unbedingt die Stuten. Und die sausen von ganz alleine über die Wiese."

Ich beiße meine Zähne zusammen. Auf dem Pferd habe ich den Schmerz nicht so sehr gespürt, aber wenn ich lange laufe, zieht er ganz schön an. Und jetzt auch noch rennen?

„Komm!" Hanna geht voran. Sie trabt an, ich so gut es geht hinterher. Hanniball liefert natürlich eine Show ab. Er hüpft und rast hinter der Mutterstute her, bleibt zurück, nur um dann im gestreckten Galopp wieder aufzuholen und an ihr vorbei zu preschen, schlägt Haken, macht Vollbremsungen, tobt und buckelt.

Indiras Kleines ist ganz die Schwester: Er läuft schräg hinter der Mutter, dicht an sie gedrängt, ohne auch nur das Tempo ein einziges Mal selbstständig zu verändern. Als wenn es sich nicht gehört, aus der Reihe zu tanzen. Er würdigt Hanniball keines Blickes. Mit feinen, grazilen Tritten trabt er vor sich hin.

„Lauf mal ein bisschen schneller, damit er angaloppiert", ruft Hanna mir zu.

Ich kann jetzt schon kaum noch laufen, aber ich ziehe an und renne schneller. Das Fohlen will aber nicht angaloppieren; die Mutter galoppiert schließlich auch nicht. Ich pariere durch und mache nach einer großen Runde am Eingangstor halt.

Santos steht artig bei der Mutter und beobachtet uns mit etwas Abstand.

„Ist irgendwas nicht in Ordnung?" Hanna sieht, dass mein Gesicht nicht so entspannt ist wie sonst. Ich stütze mich auf einen Zaunpfahl. Ich kann meinen Schmerz nicht vor ihr verbergen, weiß aber auch, dass ich ihr vertrauen kann.

„Hm", macht sie, nachdem ich ihr alles erzählt hab. „Da gibt es eigentlich nur einen, den wir fragen können", sie zieht ihr Handy aus der Tasche:

„Henrik, bist Du in der Nähe? ... ja. In einer halben Stunde? Gut!"

Sie guckt sich verstohlen um und wirft einen Blick auf die Tribüne, wo Dimitrij noch immer die letzten Sitzbänke ausbessert. Sie hat leiser gesprochen als sonst, als wäre es ihr peinlich, dass er sie hören kann.

„Gib mir mal Indira."

Ich reiche Hanna den Strick, nehme statt dessen Cora und bleibe am Zaun stehen. Hanna läuft eine Runde, sie trabt und galoppiert an, das Fohlen artig hinterher und macht exakt, was die Mutterstute auch macht.

Hanniball dagegen denkt gar nicht daran, zu machen, was seine Mutter macht. Das wäre in diesem Falle: Still stehen zu warten. Er findet es aufregend, unterwegs zu sein. Am tollsten ist Marek und der Rasenmäher. Er guckt, fixiert ihn kurz mit seinem Blick, hüpft dann senkrecht in die Höhe, nur um sofort wieder wegzurennen, einmal um die Stute rum; blinzelt dann hinter ihr hervor, sieht, wie Marek immer noch Rasen mäht, schlägt mit dem Kopf und rast andersherum, wieder um die Stute, nur um am Ende genau da zu stehen, wo er am Anfang war. Das Spiel würde er vermutlich bis heute Abend spielen, wenn Hanna nicht ihre Runde beendet hätte und wieder bei mir angekommen wäre. Sie ist völlig außer Atem:

„Der Kleine funktioniert ja wie eine Nähmaschine", sie kriegt kaum Luft.

Ich muss lächeln:

„Im Gegensatz zu dem hier auf jeden Fall!"

Sie schaut Coras Fohlen an. Der freut sich gerade über seine eigenen Vorderbeine, schmeißt sie vor sich, stampft auf, schaut, wie sie bei jedem Schritt durch die Luft wirbeln und freut sich wahnsinnig. Die Stute dagegen ist ganz ruhig; sie ist aber nicht apathisch oder gelangweilt, sondern wach; aufmerksam; hat klare Augen und beobachtet sehr genau, was um sie herum geschieht. Nur ihre Erfahrungen lassen sie gelassener sein, als ihr Kleines; und ihren Beinen vertraut sie blind.

„Lass uns zurück. Henrik müsste bald da sein", Hanna klopft mir auf die Schulter, schaut mich aber nicht an, sondern geht an mir vorbei. Sie ist nicht böse, sondern versteht natürlich alles ganz genau. Klar, sonst würde sie mir ja nicht helfen. Sie hat mir bisher immer geholfen, bei allem, ohne eine Frage zu stellen oder sich zu beschweren.

Cora stupst mich an und Hanniball flitzt hinter Indira und Santos her, macht auf dem Absatz kehrt und flitzt wieder zu uns zurück.

Ich gehe den beiden nach. Unterwegs muss ich zweimal Halt machen, weil Hanniball durstig ist und bei der Mutter trinken muss. Cora steht regungslos und wartet geduldig, bis er fertig ist. Der Abstand zu Hanna wird immer größer, aber das stört nicht.

Der Himmel ist wolkenlos und strahlend blau, die Sonne scheint herrlich, die Wiesen sind satt und grün, der Schatten der großen Allee erfrischend. Wenn nur mein Knie keine Probleme machen würde und ich vernünftig laufen könnte!

***

„Aua!", es tut ganz schön weh, als Henrik mein Knie abtastet und es hin und her ruckelt.

„Gebrochen ist nichts, Bänder sind auch in Ordnung."

„Was ist es dann?", frage ich erleichtert.

„Eine Prellung. Prellungen im Knie können manchmal schmerzhafter sein, als Brüche oder Bänderrisse. Das geht aber weg. Kühl Dein Knie gut und nimm diese Salbe", er reicht mir eine Tube.

„Was ist das?", ich nehme die Tube und gucke sie mir an.

„Gluckosaminoglykane", buchstabiere ich fast bei Lesen.

„Was soll das denn sein?"

„Das sind körpereigene Substanzen von Bändern, Sehnen und Muskelfasern. Das gibt es auch als Nahrungsergänzungsmittel. Man verabreicht es zur Stärkung dieser Gewebearten. Das wird die verletzten Bereiche schnell wieder aufbauen und der Schmerz sollte in ein paar Tagen verschwunden sein", erklärt Henrik

„Und wie mache ich das?"

„Eine dicke Schicht, abends vor dem Schlafengehen, um Dein Knie streichen, Plastik drüber, einbandagieren. Aber nicht zu fest. Das ist nur, damit die Creme nicht in den Kissen landet."

„Verstehe."

„Wie rechnest Du das ab?", Hannas Stimme klingt besorgt.

„Das lass mal meine Sorge sein", Henrik lächelt sie an, so wie er sie immer anlächelt: Hoffnungsvoll und sehnsüchtig. Sein Durchhaltevermögen ist bewundernswert. Hanna hat bis heute keine klare Stellung zu ihm bezogen.

Er zögert seinen Abschied noch ein paar Momente länger hinaus als nötig, doch es kommt keine Reaktion von ihr. Wie immer.

„Armer Henrik! Der wird auch nicht ewig warten", sage ich, nachdem er vom Hof gefahren ist. Hanna dreht sich um und tut so, als hätte sie das nicht gehört.

24

Erst, als ich am nächsten Tag durch die Stallgasse laufe und Hanna mich nach meinem Knie fragt, erinnere ich mich, dass da was gewesen ist. Ich gucke erstaunt mein Bein an:

„Henrik hatte recht. Die Salbe wirkt Wunder!"

„Na, dass sie Wunder wirkt, hat er nicht gesagt."

Was hat sie nur? Sonst war sie immer so aufgeschlossen und verständnisvoll, wenn es um Henrik ging.

Wir machen in Windeseile die Stallarbeit und putzen alle Pferde einmal durch; Hanna ihre Stuten, ich die Fohlen.

Es ist noch nicht ganz Mittagszeit, als wir uns aufmachen und rüber zu Dirk und Marek in den Jungpferdeberitt fahren.

„Da seid Ihr ja. Haben schon sehnsüchtig auf Euch gewartet", ruft Marek uns zu, als wir in die kleine Halle kommen und er gerade einen Sprungständer von der Bande nimmt. Die zwei sind schon fleißig dabei, die Sprünge aufzubauen. Hanna geht sofort los, nimmt eine Stange von der Bande und packt tatkräftig mit an. Ich weiß erst mal nicht, was ich machen soll.

„Überall da, wo eine Stange auf dem Boden liegt, kommt ein Sprung hin, siehst Du?", Dirk zeigt an die lange Seite.

Im Abstand von ungefähr drei Metern liegen Stangen auf dem Boden. An der Bande hängen Vorrichtungen, in die man die Stangen genau so hängen kann, wie in einen Sprungständer. Sie sind extra dafür konzipiert, um zum Freispringen benutzt zu werden. Marek und Hanna stellen gerade die letzten beiden Ständer ans Ende der Reihe.

„Du kannst mal das Flatterband holen. Aus der Sattelkammer, hab ich gestern schon rausgesucht. Müsste auf dem Tisch liegen."

Ich hole das Band. Als ich zurückkomme, stehen auch in den Ecken Ständer und die ersten Stangen werden eingehängt.

„Jetzt spann das Band von Ständer zu Ständer. Die in den Ecken dienen nur als Markierung."

Als ich fertig bin, ist einmal außen herum eine ca. vier Meter breite Bahn entstanden, die gleich am Eingang beginnt. Man kann die vorgegebene Bahn gar nicht verfehlen. Außer, man rennt einfach durch die Absperrungen durch, wie Monti zum Beispiel durch die Weidezäune.

„Mit wem fangen wir an?", Hanna läuft langsam zum Eingang.

„Sharan", antwortet Dirk. Marek folgt Hanna in den Stall. Ich stehe dumm da und habe keine Ahnung, wie der Ablauf ist. Ich habe so etwas noch nie gemacht.

„Du bleibst bei mir", erklärt Dirk. Er gibt mir eine der beiden Longierpeitschen, die am Rand stehen. Er muss sie schon geholt haben, bevor sie anfingen, aufzubauen.

„Hanna und Marek machen die Pferde. Sie kratzen ihnen die Hufe aus, legen Halfter an, holen sie aus den Boxen, machen ihnen Gamaschen um und bringen sie in die Halle. Wir brauchen dafür zwei Leute, damit wir versetzt arbeiten können. Während einer in der Halle ist, macht der andere das nächste Pferd fertig, und wenn wir mit einem durch sind, kann gleich der nächste in die Halle. Wir machen das bei der Show genau so, wie heute. Es muss schnell gehen am Samstag. Wir haben nicht viel Zeit. Das Programm ist ohnehin viel zu umfangreich für einen einzigen Tag. Wenn das am Samstag gut läuft, werden wir unsere Shows in der Zukunft auf zwei Tage ausweiten, wirst 'de sehen", Dirk lächelt mir zu. Ich bleibe stumm und nicke nur.

„Du stellst Dich ans hintere Ende der Halle und hältst die Pferde am Laufen, ich mache dasselbe hier vorn. Hanna wird das erst mal vormachen. Guck genau zu, das ist nicht schwer."

„Tür frei", Hanna steht mit Sharan am Eingang.

„Ist frei", Dirk schaut zu, wie sie mit dem Hengst in die Halle kommt. Er ist ein Halbbruder Elysas, ebenso schlank und grazil wie sie, jedoch pechschwarz und nicht dunkelbraun. Hanna geht erst mal in die Mitte und führt ihn Schritt.

„Am Samstag macht ihr das *vor* der Halle, nicht? Geht hinter den Stall und führt sie dort so lange Schritt, bis der andere raus kommt."

Dann wendet er sich zu mir:

„Die Tiere müssen wenigstens ein kleines bisschen aufgewärmt werden. Sie können unmöglich einen Kaltstart über die Sprünge hinlegen. Das ist Gift für ihre Bänder und Sehnen. Wie vor jeder Reitstunde Schritt geritten werden muss, brauchen wir die Schrittphase jetzt auch", er guckt einen Moment nachdenklich zu Boden. „Eigentlich bräuchten wir noch einen fünften Mann."

„Wie weit seid Ihr?", Marek lugt in die Halle.

Dirk schüttelt den Kopf:

„Wir haben noch nicht mal angefangen."

„Dimitrij", ist alles, was mir dazu einfällt.

„Dimitrij? Wer ist Dimitrij?"

„Ein Angestellter von Meinau. Frau von Barnstedt hat ihn für die Show hergeholt. Marek kennt ihn."

„Klar, mein Landsmann! Netter Kerl!", Marek lächelt bis über beide Ohren.

„Er hat mir und Hanna gestern mit einem Stutfohlen geholfen. Es scheint, als hätte er Erfahrung mit Pferden. Hufe auskratzen und warmführen kann der bestimmt."

„Weiß einer von Euch zufällig, wo er jetzt ist?"

Marek zuckt mit den Schultern.

Ich hab auch keine Ahnung.

„Ich kann mal nach vorne auf den Platz fahren!"

„Mach das", Dirk nickt mir zu.

Ich laufe schnell raus und springe auf mein Rad. Wär' doch gelacht, wenn sich ein Magier nicht ausfindig machen lässt.

Dimitrij ist auf dem großen Platz und gerade dabei, eine der ausgebesserten Zaunlatten zu beizen. Ich lehne mein Rad gegen einen Baum und laufe zu ihm:

„Hi."

Er begrüßt mich in seiner gewohnt beruhigenden Art, die einen jedes Gefühl von Hektik und Stress sofort vergessen lässt:

„Junge Dame", er zieht seine Mütze.

Einen Moment stehen wir uns gegenüber.

„Ähm", stottere ich und hab keine Ahnung, was ich sagen will.

Dimitrij taucht seelenruhig den Pinsel in den Farbeimer und fährt mit dem Streichen fort:

„Kann ich noch schnell machen diese Brett fertig?"

„Ja, klar!"

Er weiß natürlich, dass ich was von ihm will. Sonst wäre ich wohl kaum hier.

Eine Minute später ist er fertig, legt sein Arbeitszeug weg, macht den Eimer zu und kommt über den Zaun auf meine Seite:

„Nun?"

„Im Jungpferdeberitt, die Pferde, wir machen gerade Freispringen. Dirk will Dich was fragen."

Sharan ist schon am Springen, als wir die Halle erreichen. Ich bin extra durch den Vordereingang gekommen und stehe mit Dimitrij auf der kleinen Tribüne. Dirk sieht uns:

„Komm rein", winkt er uns zu.

Ich gehe voran und zeige ihm den Weg in die Halle. Wir begegnen Marek, der ihm gleich etwas auf Polnisch entgegen ruft. Dirk kommt aus der Halle und begrüßt ihn mit einem Handschlag und Hanna ist nicht da. Ich gehe in die Halle, um nach ihr zu sehen.

„Du wirst hier stehen", Hanna zeigt auf den Platz, auf dem sie gerade noch stand und deutet mir, mich dort hinzustellen. Sie befestigt einen Strick an Sharans Halfter und führt ihn in die Mitte, läuft dann mit ihm im Kreis. Er ist etwas außer Atem, aber nicht doll.

Dirk kommt zurück:

„Alles geklärt. Kannst ihn wieder laufen lassen."

Hanna führt Sharan wieder zurück hinter die Absperrung und lässt ihn los. Dirk gibt ihm ein Zeichen und er trabt an. In der Ecke fällt er in Galopp und geht flüssig und entspannt durch die Reihe, die so gestellt ist, dass bei jedem Galoppsprung eine Stange liegt. Nur beim letzten Hindernis liegt ein Galoppsprung dazwischen.

„Die hinterste Stange zwei höher", Dirk zeigt auf den letzten Sprung, gerade, als der Hengst durch ist.

Hanna reagiert unmittelbar und zieht in Windeseile die Stangen hoch. Kaum ist sie fertig, ist Sharan schon wieder am Anfang angekommen und springt in die Reihe ein. Er ist wunderschön; nicht nur unter dem Sattel. Ein Bild von Pferd.

Hanna und Dirk ziehen mit jeder Runde die Sprünge langsam höher. Sie müssen ihn gar nicht groß antreiben. Es sieht so aus, als macht der Hengst alles von alleine. Als der letzte Sprung auf ¾ der Höhe der Ständer liegt und der Hengst flüssig und ohne eine Stange zu berühren die Hindernisse überwunden hat, bricht Dirk ab:

„Das ist genug!"

Er stellt sich in die Ecke am Ausgang. Das ist das Zeichen für das Pferd, durchzuparieren und anzuhalten. Sharan steht nun direkt vor Dirk, der ihn am Halfter fasst und klopft:

„Braver Junge. Gut gemacht", spricht er mit tiefer Stimme, die er nur hat, wenn er bestätigend und beruhigend auf seine Pferde einwirkt.

Hanna kommt mit dem Strick angelaufen und befestigt ihn an seinem Halfter.

„Führ' ihn draußen mindestens noch fünf Minuten Schritt. Dann spritze ihm die Beine kalt ab und lass' ihn auf die Weide. Hanna nickt und verlässt die Halle.

„So. Juna, jetzt bist Du dran."

Obwohl ich die ganze Zeit zugeschaut habe und es nicht besonders kompliziert aussah, fühle ich mich plötzlich unsicher. Ob es Aufregung oder Angst ist, kann ich nicht sagen. Wohl ein Gemisch aus beidem. Und vor Dirk will ich schließlich auch eine gute Figur machen. Er soll ja nicht denken, dass ich das nicht kann.

25

Monti kommt in die Halle geschossen. Der wartet gar nicht erst, dass Marek ihm ein Zeichen gibt, sondern rennt einfach los. Im letzten Augenblick schafft Marek es noch, den Panikhaken vom Führstrick aufzuziehen und Monti, der Chaot, rast davon. Dirk verdreht die Augen, Marek schüttelt den Kopf, ich muss lachen. Ich weiß nicht wieso, aber Monti gibt mir Sicherheit. Ihn kenne ich. Mit ihm weiß ich, umzugehen. Meine Befürchtungen sind mit einem Schlag verschwunden.

Die Hallentür wird aufgemacht und irgendjemand poltert auf die Tribüne. Monti bleibt auf der Stelle stehen und fixiert die Sitze. Frieda:

„Wenn Ihr schon keine Zeit habt, zum Mittag zu kommen, dann kommt das Mittag eben zu Euch. Irgendwas müsst Ihr ja schließlich essen!"

Sie hat einen großen Korb mitgebracht:

„Holt mal die anderen. Jetzt gibt's erst mal eine Stärkung."

Dirk ist schon am Ausgang, stellt seine Peitsche neben die Tür und geht in den Stall. Ich folge ihm. Monti versteht gar nichts.

„Lass Ihn einfach in der Halle laufen, dann kann er sich gleich alles in Ruhe angucken", winkt Dirk ab.

Kurz darauf sitzen wir alle oben auf der Tribüne bei Frieda. Sie schmiert Brote, wir essen.

„Wo ist Dimitrij?", fragt Frieda.

„Der telefoniert noch mit seiner Familie. Seine Frau hat gerade ihr zweites Kind bekommen. Er wird unmittelbar nach der Show nach Hause fahren. Der quatscht bestimmt noch eine Weile", Marek schnappt sich ein Brötchen und legt los.

Hanna ist sichtlich getroffen. Sie ringt einen Augenblick lang nach Atem, versucht aber, sich nichts anmerken zu lassen.

„Kennt jemand den genauen Ablauf vom Wochenende?", fragt Marek mit vollem Mund.

„Das Programm kriegen wir spätestens Freitagabend rein, hat die Barnstedt gesagt", krächzt Hanna in heiserem Ton.

„Schon irgendwas bekannt?", Marek ist kaum zu verstehen vor lauter Brötchen. Dirk:

„Auf dem Programm stehen auf jeden Fall: Vorführung der angerittenen Jungtiere, also meinem Beritt, und die Vorstellung der Stuten und Fohlen, wie wir ja nun alle mitbekommen haben. Die müssen zwischen die Dressurküren des Hauptberittes und zwischen die Ansagen und die Fahrer geschoben werden. Eine Quadrille gibt es, glaub ich, auch noch."

„Springquadrille auch oder nur Dressur?", Hannas Blick ist zu Boden gerichtet und sie vermeidet es, die anderen anzusehen. Dann greift sie sich ein Herz, seufzt tief, nimmt sich ein Brötchen und fängt an, genüsslich zu essen. Mir ist klar, dass sie in diesem Moment alle Gedanken an Dimitrij für immer verworfen hat.

Monti guckt uns beim Essen zu und wundert sich, warum keiner sieht, dass er gleich verhungert.

Dirk seufzt:

„Soweit ich im Bilde bin auf jeden Fall eine Dressurquadrille und ein paar Küren. Ob die auch Springen? Keine Ahnung."

„Die wollen ihre Springer ja bestimmt präsentieren, meinst Du nicht?" Frieda kann gar nicht so schnell schmieren, wie wir essen.

„Doch, bestimmt. Das heißt für uns wahrscheinlich, dass wir zwischendurch auch noch einen Parcours, oder zumindest ein paar Sprünge auf den großen Platz stellen dürfen ...", Dirk schließt die Augen und beißt von dem frisch gemachten Brötchen ab, das Frieda ihm gerade in die Hand gedrückt hat.

Die Tür geht auf. Bernd kommt rein.

„Du kommst gerade richtig! Hast Du schon was gegessen?" Frieda drückt ihm gleich eines ihrer Leckerbissen in die Hand. Bernd setzt sich und fängt an zu essen:

„Ick bin mit'm Hänger unterwegs. Ick soll'n paar Ständer und Stangen uffladen, für Samstach. Die wolln da Springen."

Marek nickt und guckt Dirk an:

„Also: Springquadrille. Und wer soll die aufbauen?", er wendet sich zu Bernd.

„Und die Sprünge sollen von hier kommen?", wundert sich Dirk.

„Nee, nee, bin nur uff 'de Durchreise. Die Sprünge hol' ick aus der jroßen Halle, die sind repräsentativer."

„Das will ich meinen", bestätigt Dirk. „Die alten Stangen hier kann man ja nicht bei so einem Event ins Scheinwerferlicht stellen. Für's Freispringen geht's, aber nicht für die große Show vorne."

Bernd nickt:

„Und uffbauen werden die Pfleger aus'm Hauptberitt."

„Und was treibt Dich dann *hier her*?", wundert sich Marek.

„Ick hab jesehen, dass Friedas Fahrrad hier steht und dachte, dit jibt bestimmt wat zu essen, da halt' ick doch mal an!", er grinst und nimmt sich ein zweites Brötchen.

„Jedenfalls müssen wir zwischen den Programmpunkten jedes Mal zurück zu unseren Ställen und die nächsten Pferde holen", Dirk guckt mich und Hanna an. „Der Ablauf der gesamten Show muss gut getimt sein."

„Wer macht das?", frage ich.

„Der alte Furch."

Ich blicke Hanna fragend an:

„Wer ist das?"

„Ein Rittmeister aus alten Zeiten. Ist heute um die 80, nicht unbedingt der Aufgeschlossenste. An ihn kommt keiner so richtig ran, außer die Barnstedts selber. Er schleicht manchmal still und leise durch die Ställe und begutachtet das Geschehen. Ihm entgeht nichts, und wer in seinen Augen kein Talent hat, bekommt ihn gar nicht erst zu Gesicht. Das gilt für Pferde, sowie für Menschen."

Ich schlucke. Dirk fährt fort:

„Aber er hat Ahnung. Mehr, als wir alle hier."

„Und vor allen Dingen hat er Erfahrung", ergänzt Frieda. „Es gab in den letzten 65 Jahren niemanden auf diesem Gestüt, den er nicht irgendwann begutachtet hätte. Er ist der Einzige, der länger hier ist, als ich."

Bernd räuspert sich.

„Du hast drei Tage vor mir angefangen, na und? Nur, weil ich erkältet war und nicht am ersten Tag hier sein konnte", Frieda drückt ihm noch was zu Essen in die Hand. „Früher hat der alte Furch noch mehr gesagt, noch eher mal ein Talent gefördert, und zu seinen aktiven Zeiten hat er hier so gut wie jedes Tier auf Grand Prix-

Niveau gebracht. Viele Reiter dazu. Aber das ist lange her.

Er wurde nach seiner Pensionierung noch lange als Richter bei Internationalen Turnieren eingesetzt. Aber auch davon hat er mittlerweile Abstand genommen. Im Gegensatz zu früher ist er nur noch ein Schatten, den man meist nicht einmal wahrnimmt, wenn er an einem vorbeihuscht."

„Hab ich ihn schon einmal gesehen?", frage ich laut.

Frieda schüttelt den Kopf:

„Nein. Aber *er* hat *Dich* schon gesehen."

26

Zu Beginn legen wir die Stangen auf den Boden und lassen Monti drüber laufen. Er galoppiert an und geht wider Erwarten ruhig und gelassen durch die Reihe und nimmt jede Stange, als wäre es ein kleiner Sprung.

„Und jetzt zieh die Letzten zwei hoch", Dirk gibt mir ein Zeichen, unmittelbar nachdem Monti durch ist.

Ich lege so schnell es geht die schwere Holzstange ein. Als sie liegt, drehe ich mich um. Monti ist gerade in der Ecke bei der Tür. Dirk checkt, ob der Sprung steht, treibt ihn an und wieder geht er flüssig durch die Reihe.

„Noch ein Mal, dann legen wir alle Stangen auf."

Kaum ist Monti fertig, mache ich mich dran, die anderen Sprünge auch hoch zu legen.

„Die Letzte zwei höher."

Alle Stangen liegen, Monti bleibt ruhig. Unfassbar.

„Ich hätte gedacht, der rennt alles um."

„Noch sind wir nicht durch", Dirk legt schnell die ersten beiden Hindernisse höher. Monti springt, als wäre es das

Selbstverständlichste der Welt. Vielleicht sitzt ihm unser Sturz auch noch in den Knochen?

Dirk hält Monti an:

„So, jetzt alles vier Loch höher."

Wir bauen auf. Auch das funktioniert einwandfrei. Ich habe überhaupt keine Angst mehr.

Monti beobachtet uns und seine Spannung steigt.

„Wie oft hast Du den schon Freispringen lassen?", frage ich.

„Noch gar nicht."

Wir treiben ihn wieder an. Auch diese Höhe nimmt er ohne Probleme. Nach weiteren 10 Minuten, als die Sprünge knapp über der halben Höhe liegen, bricht Dirk ab:

„Das reicht."

Er kommt auf mich zu:

„Ich glaube, wir haben den Schalter gefunden."

Ich gucke ihn an und weiß nicht genau, was er meint.

„Das Springen! Er scheint ein Springer zu sein! Hier kann er seine Power gut kompensieren."

Monti steht vollkommen entspannt am Eingang. Er pumpt zwar etwas nach der Anstrengung, aber er ist nicht angespannt oder wirkt, als müsse er noch überschüssige Energie loswerden, wie sonst immer. Ich nicke.

„Der war ja erstaunlich gut!", Marek hat die ganze Zeit auf der Tribüne bei Frieda gesessen und kommt zurück in die Halle.

„Nehmt Ihr den mit rein?", fragt Frieda.

„Eigentlich war er nicht eingeplant, aber wenn der so gut läuft, warum nicht?"

Mein Monti hat übermorgen also seinen ersten, großen Auftritt!

Ich gehe zu ihm und klopfe ihn. Er reibt seinen Kopf an mir. Das hat er noch nie gemacht. Ich bin fast ein bisschen stolz auf das kleine Fohlen, das er in meinen Augen immer sein wird.

27

„Jetzt sind wir schon seit Stunden unterwegs. Ich hab' keinen Bock mehr! Außerdem sieht es so aus, als fängt es gleich an zu regnen. Weißt Du überhaupt, wo wir sind?", Peer schiebt sein Fahrrad etwas unbeholfen den sandigen Waldweg entlang.
„Keine Ahnung", René vorne weg, „ich wusste nicht, dass der Wald so riesig ist."
„Wir finden nie nach Hause, wenn wir so weiter machen. Wie spät ist es eigentlich?"
René holt sein Handy aus der Tasche:
„Gleich vier."
„Nach dem Frühstück sind wir los. Wenn wir nicht bald aus diesem dämlichen Wald finden und auf 'ne Straße treffen, an der wir uns orientieren können, dürfen wir heute Nacht unter den Bäumen schlafen."
„Und morgen werden wir geschlachtet."
„So sieht's aus."
Es donnert aus der Ferne.
„Ein Gewitter zieht auf. Was jetzt?"
Sie schieben ihre Fahrräder mühsam vor sich her. René guckt sich um:
„Die Bäume werden uns Schutz bieten. Da werden wir schon nicht allzu nass", sein Blick gleitet über den Hang. Zu ihrer Linken sieht er eine alte, zerfallene Mauer:
„Guck mal, da!"
Peers Augen folgen Renés Finger:

„Vielleicht so'n altes, zerfallenes Gehöft oder so? Die Uckermark ist ja voll davon."

Als sie um die nächste Ecke biegen, sehen sie, wie die Mauer von zwei großen Pfeilern unterbrochen wird.

„Da muss mal ein Tor gewesen sein", bemerkt Peer.

René dreht sich um:

„Da werden wir schon was zum Unterstellen finden."

Mühsam stampfen sie durch den tiefen Sand.

„Wäre fast einfacher, die Räder zu tragen", Peer ist müde und abgeschlagen.

Gleich auf der rechten Seite steht ein großes, leeres Gebäude. Es ist aus altem, roten Backstein, die Mauern in erbärmlichem Zustand, die Fenster schon lange nicht mehr existent. Auch Fensterrahmen gibt es keine. Es ist eine steinerne Ruine. Das Dach hält gerade noch, ist aber löchrig und sieht aus, als würde es nicht mehr allzu viele Unwetter überstehen. Das Donnern kommt näher und die ersten, schweren Tropfen fallen vom Himmel.

„Schnell! Wo ist der Eingang?", René hastet los und schleift sein Fahrrad hinterher. Sie eilen hinten am Haus vorbei. Auf der anderen Seite ist eine Öffnung, in der mal eine Tür gehangen haben muss. Darüber sind die kümmerlichen Reste einer Holztreppe angedeutet, die zu einem höher gelegenen Eingangsportal führt. Es muss mal ein sehr schönes Haus gewesen sein, denn das Mauerwerk beschreibt fein gearbeitete Verzierungen um den Eingang, viel schöner, als das kleine Loch hier unten. Sie lehnen ihre Fahrräder an die Wand. Kaum sind sie im Haus, geht der Wolkenbruch los. Er kracht so laut aufs Dach, dass sie ihr eigenes Wort nicht mehr verstehen. Beide gucken sich wortlos um. Ihre einzige Verständigung sind ihre Blicke, und die fallen auf ein leeres Hausgerippe.

Es gibt keine Zwischenböden mehr. Es sind lediglich die Querbalken erhalten geblieben, die einmal als Stütze für die Decken gedient haben. Und das in allen drei Etagen.

Ansonsten liegt auf der Erde etwas Gerümpel, altes Holz, Steine, Schutt, ein paar Getränkedosen. Der Anblick ist trostlos. Als würde man einem Toten in den Leib gucken und nichts anderes als Verwesung sehen.

„Was machen wir jetzt?", fragt Peer, doch er hört sich selbst nicht einmal, so laut kracht das Gewitter nieder. René sieht nur, wie sich Peers Lippen bewegen und zuckt mit den Schultern. Das hätte er wahrscheinlich auch, wenn er verstanden hätte, was Peer gesagt hat.

Er geht ein paar Schritte in die Ruine hinein. Irgendwer hat einen der großen Balken quer gestellt, so dass man zur Ebene der ersten Etage hoch balancieren kann. René macht sich sogleich ans Werk. Peer sieht ihm zu, beobachtet ihn einen Augenblick, denkt, was für ein Draufgänger sein Freund doch ist und folgt ihm auf dem Fuße.

Es ist gar nicht so einfach, das Gleichgewicht zu halten. Oben gibt es einen kleinen Absatz im Mauerwerk, der sich einmal um das ganze Gebäude herum zieht und der gerade so breit ist, dass man darauf stehen und sich langsam fortbewegen kann. René versucht jedoch, auf einem der dicken Balken auf die andere Seite zu balancieren. Er zeigt auf die gegenüberliegende Seite: „Lass mal zu den Fenstern gehen." Der Regen lässt langsam nach, so dass Peer erahnen kann, was René gesagt hat. Er nickt. Als er einen Blick nach unten wirft, bekommt er Angst.

„Ganz schön tief", murmelt er.

„Komm!", ruft René ihm zu, „einfach schnell laufen und nach vorne gucken. Dann geht's!"

Peer zögert einen Moment, fasst dann aber allen Mut zusammen und geht mit schnellen Schritten auf die andere Seite.

„Siehst Du? Geht!", René grinst.

Sie wenden sich um, stellen sich auf die Zehenspitzen und versuchen, einen Blick aus dem Fenster zu erhaschen, das ein klein wenig zu hoch für sie ist.

Der Regen hat nachgelassen. Das Tropfen, das noch zu hören ist, kommt aus dem Wald, aus den Blättern der Bäume, an denen das Wasser jetzt herunterläuft.

Ihr Blick fällt auf den Innenhof. Sie trauen ihren Augen nicht. Sie stehen genauso erstarrt und regungslos da wie die Ruine, in der sie sich befinden. Dann wendet sich René schlagartig vom Fenster ab und duckt sich. Peer tut dasselbe.

„Der Transporter!", flüstert René. Sein Herz pocht so laut, dass sogar Peer es hören könnte, wäre er selbst nicht so aufgeregt.

Stille.

„Wenn die uns finden!", flüstert Peer noch leiser.

Es ist ein echtes Kunststück, aufgeregt wie sie sind, zurück über die Balken zu balancieren. Als die zwei wieder unten stehen, kann Peer nicht mehr sagen, wie sie es angestellt haben, wieder heil herunter gekommen zu sein.

„Unsere Räder stehen draußen", Peer kann kaum sprechen, so aufgelöst ist er.

„Los! Weg hier!"

René steht an dem kleinen Eingangsloch, vergewissert sich, dass keiner da ist, rennt raus, schnappt sich sein Rad und rast mit dem Fahrrad über der Schulter zum Eingang und zurück in den Wald. Peer ihm dicht auf den Fersen. Der Sand ist durch den Regen etwas dichter geworden, Radfahren kann man allerdings darauf immer noch nicht. Sie kommen bis zur nächsten Ecke.

„Und jetzt?", fragt René.

„In den Wald. Nicht, dass die noch hier vorbeikommen!"

Ohne zu zögern reißt René sein Fahrrad rum und beide hasten die Böschung runter, querfeldein. Als sie sich in Sicherheit wägen, macht René Halt.

„Ruf die Polizei!", doch Peer hätte das gar nicht aussprechen müssen. René hat sein Telefon schon in der Hand.

„Wir haben den Transporter!", keucht er ins Handy.

„Ja, kein Witz! Wir haben sie wirklich gesehen. Hier! Auf so 'nem alten Gehöft... was? ... Ich kann Ihnen nicht sagen, wo 'hier' ist. Wir sind im Wald. Peer und ich haben uns verlaufen. Wir wollten nur zum Badesee. Und auf dem Rückweg sind wir 'nen Umweg gefahren, sollte eigentlich 'ne Abkürzung werden, und dann haben wir uns im Wald ... wie bitte? ... Können Sie uns nicht auf dem Handy orten? Wir wissen selber nicht ..." René nickt noch einmal, dann legt er auf.

„Die sind gleich hier", René wirft einen verstörten Blick die Böschung hinauf, „hoffentlich!" Er ist leichenblass.

„Hat Dein Handy auch Empfang? Lass das mal draußen! Nicht, dass die uns am Ende doch nicht ausfindig machen können."

René hält sei Telefon in der Hand und guckt aufs Display.

„Wir sollten uns irgendwo in der Nähe des Weges verstecken, meinst Du nicht?", schlägt Peer vor, „die sollen doch den Weg orten, nicht uns."

René sagt kein Wort, bestätigt Peer aber mit einer Geste, dass er Recht hat und macht sich dran, leise die Böschung wieder hinauf zu schleichen. Es dauert eine Ewigkeit, bis sich etwas tut. Jede Sekunde ist eine gefühlte Stunde, jede Minute ein gefühltes Jahrhundert. Dann endlich:

„Da sind sie!", René ist sichtlich erleichtert.

Peer springt auf, ohne auf seinen Freund zu warten, und stellt sich an einen Baum am Wegesrand. René steht neben ihm. Beide sind nach wie vor verhalten. Sie wollen auf keinen Fall die Aufmerksamkeit der Pferdediebe auf sich ziehen. Die Polizisten sehen sie sofort.

Jetzt ist auch klar, warum sie so lange gebraucht haben. Sechs Einsatzwagen kommen den schmalen Waldweg herauf gefahren. Ganz vorne natürlich Gratzki und sein Kollege, mit dem er gerade telefoniert hat.

„Wo?", fragt Gratzki.

René zeigt auf die zerfallene Mauer:

„Hinter der Biegung ist das Eingangstor."

Gratzki nickt:

„Ihr bleibt hier und rührt Euch nicht von der Stelle!"

Die Kolonne zieht an ihnen vorbei. Sie sehen zwar nicht, wie der erste Wagen auf das Gehöft einbiegt, aber sie hören es, denn auf ein Mal knallen Türen, jemand ruf:

„STEHEN BLEIBEN!"

Eine Scheibe zerbricht. Ein Schuss fällt.

Peer und René schmeißen sich instinktiv auf den Boden.

René gibt Peer ein Zeichen. Natürlich wollen sie sehen, was los ist. Sie robben auf dem Boden zur Mauer, schlüpfen durch eine Öffnung in den Steinen auf die andere Seite, weiter durchs Gebüsch, bis sie den Hof überblicken können.

Gratzki nimmt gerade einen Mann fest, Draeger steht da mit gezogener Waffe. Die anderen Polizisten sind auf dem Hof verteilt.

„Durchsucht die Häuser!", ordnet Draeger an. Fünf seiner Kollegen machen sich bereit und gehen rein. Wieder fallen Schüsse. Die Polizisten verbarrikadieren sich sofort hinter ihren Autos. Ein wahrer Krimi!

Es dauert eine gute Stunde, bis die Polizei die Situation unter Kontrolle hat. Drei Männer werden abgeführt, einer sitzt schon im Einsatzwagen. Peer und René hören es hinter sich knirschen. Sie drehen sich um. Einer flüchtet sich durch das Loch in der Mauer, durch das die beiden gekommen sind. Sie starren mit offenen Mündern den Typen an. Glücklicherweise wendet der sich nicht um. René springt auf. Peer reißt ihm am T-Shirt wieder zurück auf den Boden:

„Wie dürften gar nicht hier sein!"
René schlägt seine Hand weg:
„Ich weiß! Trotzdem!"
„Pass auf, sonst erschießen die Dich noch!"
René robbt aus dem Gebüsch, steht auf, winkt mit beiden Armen, so dass klar ist, dass er nicht zu den Verbrechern gehört. Gratzki erkennt ihn sofort:
„WAS MACHST DU HIER?", schreit er über den Hof.
René zeigt etwas verstört in die Richtung, in die der Mann abgehauen ist:
„Einer ist durchs Gebüsch ...", weiter kommt er nicht.
Sofort rennen zwei Beamte die Einfahrt runter zum Tor und um die Ecke. Gratzki nickt. Draeger sichert seine Waffe und steckt sie zurück ins Halfter. Peer kommt auch aus dem Gebüsch und läuft zu René. Beide schauen den Weg runter in die Richtung, in die die Polizeibeamten gerannt sind.
Den Mann haben sie nie gefunden.

28

„Wie haben Sie sich denn die Presseberichte vorgestellt?", der Regisseur des regionalen Fernsehsenders sitzt entspannt auf einem der Sessel im Büro der Barnstedts.
„Herr Dietrich, meine Frau und ich sind der Meinung, es würde Sinn machen, zu dem Bericht der Show noch einen Extra-Beitrag über Juna und uns zu bringen", erklärt Michael. „Das letzte Mal, als die Öffentlichkeit etwas von uns gehört hat, ist eineinhalb Jahre her. Heute fragen sich alle in der Region, was wohl aus der

Adoption geworden ist. Da müssen wir unbedingt was machen."

„Und vielleicht, wenn Sie schon mal hier sind, zusätzlich noch eine Dokumentation über das Gestüt selber?", Sylvia sitzt kerzengerade auf ihrem Stuhl und stellt ihre Kaffeetasse auf den Schreibtisch.

„Das wären drei Beiträge, richtig? Einmal die Show, dann das Adoptivkind und das Gestüt."

Die Barnstedts bestätigen:

„Macht es denn große Umstände, die Gebäude und das Gelände gleich mit aufs Bild zu bringen?"

„Nein, Herr von Barnstedt, das macht keine großen Umstände. Oder was meinen Sie, Frau Warnow?"

Die Reporterin schaut von ihrem Notizblock auf und etwas verstört in die Runde:

„Klar, von mir aus kein Problem. Wir brauchen nur noch die entsprechenden Informationen."

„Filmen sie jede Darstellung. Alle Küren, die Quadrillen, die Stuten- und Fohlenvorführungen. Wir werden Ihnen zu jedem einzelnen Tier alle erforderlichen Informationen zukommen lassen. Über das Gestüt sprechen wir noch mal im einzelnen, wenn die Bilder und Aufnahmen da sind. Und über Juna?", Michael kratzt sich am Kopf.

„Stellen Sie Juna in einem guten Licht da", seine Frau lächelt die Reporterin an, „sie war bisher sehr fleißig und wird bei der Show tatkräftig mit anfassen. Halten Sie alles fest. Wir werden im Nachhinein die Aufnahmen auswerten und entscheiden dann, was wir genau daraus machen."

„Wie wäre es mit einer kurzen Broschüre?", fragt die Reporterin, wofür sie sogleich fragende Blicke erntet.

„Wir könnten jedes einzelne Pferd, das zum Verkauf steht, mit einem entsprechenden Foto, Stammbaum und Ausbildungsstand zu einem Heft zusammenfassen, einer kleinen Ausgabe der 'Sommerpräsentation 2012 des Gestütes Frederikenburg' oder so?"

Den Barnstedts steht die Begeisterung ins Gesicht geschrieben.

Es klopft.

„Herein", Michaels Stimme ist durchdringend. Die Bürotür wird geöffnet und ins Zimmer treten Kommissar Gratzki, hinter ihm sein Kollege Draeger:

„Guten Abend, die Herrschaften", Gratzki nimmt seine Mütze ab, geht auf die Barnstedts zu und reicht ihnen die Hand. Draeger tut dasselbe.

„Kommissar Draeger, schön Sie endlich mal wieder persönlich begrüßen zu dürfen", Sylvia ist sichtlich erfreut, ihn zu sehen. „Es tut uns ausgesprochen leid, wie unsere letzte Begegnung geendet ist. Wir möchten uns dafür noch einmal ausdrücklich entschuldigen."

„Ist schon okay", Draeger lächelt die Barnstedts an, „ich hätte auch gleich richtig kombinieren können und sehen müssen, dass mit jedem Pferdediebstahl auch ein Brand einherging. Das scheint die Masche dieser Verbrecher gewesen zu sein, um die Aufmerksamkeit der Polizei vom eigentlichen Geschehen abzulenken. Das ist mir allerdings erst zu spät aufgefallen. Es tut mir aufrichtig leid, Sie beschuldigt zu haben."

„Nicht der Rede wert", entgegnet Michael, „der finanzielle Druck war so hoch, ich hätte mir nicht ausmalen wollen, was es für uns bedeutet hätte, wären wir eines Versicherungsbetruges beschuldigt worden."

„Wahrscheinlich wären auch die letzten paar Kunden noch abgesprungen", Frau von Barnstedts Stimme klingt beschämt, „und dabei haben wir gerade alles getan, um unser Image aufzubessern und wieder ein bisschen Aufschwung zu erlangen."

„Ich habe den Bericht damals im Fernsehen gesehen. Die Limousine war nicht schlecht, mit der Sie vor dem Heim vorgefahren sind!"

„So einen Wagen zu mieten können wir uns nicht noch einmal leisten", entgegnet sie, „nicht einmal zu Werbezwecken. Wir müssen einfach sehen, dass wir unsere Zucht und den Verkauf am Laufen halten. Und uns nicht noch mehr Pferde gestohlen werden."

„Was das betrifft, haben wir gute Nachrichten", mischt Gratzki sich ein, „wir haben sie!"

Einen Moment sagt keiner ein Wort. Dann hört man, wie Frau Warnow hektisch beginnt, etwas in ihren Notizblock zu kritzeln. Der Regisseur steht auf, hält sich aber im Hintergrund.

„Sie haben ... was?", stottert Sylvia.

„Die zwei Bengel aus dem Heim haben sie entdeckt. Die Pferdediebe haben sich die ganzen Jahre auf einem zerfallenen Hof, eine Stunde von hier entfernt, mitten im Wald versteckt."

Die Sprachlosigkeit steht im Raum wie das laute Dröhnen einer Alarmanlage.

„Und?", ist alles, was Michael, dem selten die Worte ausgehen, herausbekommt.

Draeger nickt. Gratzki schildert die Verhaftung. Der Regisseur hat sich wieder hingesetzt. Auch Sylvia ist auf ihren Stuhl gesunken. Michael läuft im Büro hin und her. Er ist aufgeregt. Erst als Gratzki sagt:

„Einer ist uns entwischt", horcht er auf und bleibt stehen.

„Aber wir haben die Pferde", beendet sein Kollege den Satz.

Jetzt springt auch Sylvia wieder auf:

„Und wo sind sie jetzt?"

„Habt ihr Hänger und Fahrer?"

„Klar!"

„Dann macht Euch auf den Weg und holt sie ab!"

29

Hanna und ich sind gerade dabei, den Stall abzuschließen, als eine Kolonne Autos auf den Hof fährt, drei mit Hänger, ein Polizeiwagen und der Jeep der Barnstedts.

„Ihr könnt gleich wieder aufmachen", Henrik steigt aus seinem Wagen und geht zu Hanna. „Hast Du die Boxen der Stuten eingestreut?"

„Die sind immer fertig, Du weißt ja, kann immer was kommen. Wen habt Ihr denn da?"

Henrik gibt ihr einen Wink und sie folgt ihm zum Hänger. Kaum öffnet er die vordere Tür, stößt sie einen Schrei aus. Tränen laufen ihr übers Gesicht:

„Das kann doch nicht ...", sie schluchzt, „Meine Stuten!"

Ich gehe um die Hänger herum. Marek ist auch da. Er fährt einen der Geländewagen vom Gestüt. Der kleine, rote Flitzer hat keine Hängerkupplung, und selbst, wenn er eine hätte, wäre er zu schwach, um einen Pferdehänger zu ziehen. Im dritten Wagen sitzt Dirk. Draeger und Gratzki helfen, die Hänger zu öffnen. Sogar die Barnstedts fassen mit an. Die Stuten sind wieder da!

Mir fällt eine Tonne Steine vom Herzen. Als ich mich umdrehe sehe ich, wie Hanna vor Freude nicht aufhören kann zu weinen. Sie hat die ganze Zeit nichts mehr gesagt, ihre geliebten Tiere nicht mehr erwähnt, sondern Haltung bewahrt und sich in die Vorbereitungen für die Show gestürzt. Doch jetzt ist nicht mehr zu übersehen, wie sehr sie das Verschwinden der drei getroffen haben muss, dass sie nun von Erleichterung kurz davor ist, die Fassung zu verlieren, was ihr, solange ich hier bin, noch nie passiert ist.

„Warum habt ihr uns nicht angerufen und Bescheid gegeben?", bringt sie hervor.

„Ich wollte erst sicher gehen, dass die Tiere in Ordnung sind. Wären sie verletzt oder in schlechtem Zustand gewesen, hätte ich sie gleich in die Klinik gefahren und dann hätten wir Euch natürlich verständigt, keine Frage", Henrik lächelt ihr zu.

„Das heißt, sie sind okay?"

„So weit. Ich möchte sie mir aber gleich noch mal genauer angucken."

Unter lautem Poltern werden die Pferde die Laderampen herunter geführt. Ich schiebe schnell die große Stalltür auf und öffne die Boxentüren, bevor sie kommen.

„Wir haben frisches Müsli da. Mit etwas Hafer gemischt und Öl. Viel Öl!", ordnet Hanna an. „Sie werden aufgeregt sein. Eine Krampfkolik ist jetzt mit Sicherheit das Letzte, das sie gebrauchen können."

Ich flitze sofort los und mache drei Eimer fertig. Es dauert keine fünf Minuten und ich bin zurück:

„Gleich in den Trog?"

Hanna guckt Henrik an. Der schüttelt den Kopf:

„Warte! Noch einen Augenblick! Lass sie erst mal ein wenig zur Ruhe kommen."

Erst jetzt werfe ich einen Blick auf die Tiere. Sie sehen abgeschlagen aus, alle drei. Karinas Fell ist stumpf. Sie hat Gewicht verloren, das ist trotz ihrer Trächtigkeit zu sehen. Largo und Fortuna geht es nicht anders. Ihre Fohlen laufen verstört hinter ihnen her, während sie auf der Erde herum scharren, in den Boxen im Kreis laufen, die Wände und ihren jeweiligen Trog inspizieren. Dann stürzen sie sich nacheinander auf ihre Tränken. Für eine Weile ist nichts anderes zu hören, als das Rauschen von Wasser durch die kupfernen Leitungen.

„Man, müssen die ausgedürstet sein", bemerkt Marek, der ebenfalls in die Boxen schaut.

Die Barnstedts stehen draußen und unterhalten sich mit der Polizei. Ich sehe sie zwar nicht, aber ich höre ihre Stimmen.

„Juna, hol' doch mal Dein Putzzeug und bürste die drei einmal über. Als erstes guck ihnen mal unter die Hufe. Den Fohlen auch."

„Kann ich helfen?", Dirk kommt angelaufen.

Ich schieße los und hol den Putzkasten. Der steht noch draußen am Putzplatz, wo er um diese Zeit schon lange nicht mehr hingehört. Dirk schnappt sich sofort einen der beiden Hufkratzer und verschwindet in der ersten Box. Henrik und Hanna sind mit Karina beschäftigt.

„Zum Glück hat sie noch nicht gefohlt", spricht Hanna leise und streichelt der Stute dabei unentwegt über den Hals.

Henrik hat sein Stethoskop in den Ohren und hört sie ab: „Kann aber jeden Moment so weit sein. Sie war ja eigentlich schon vor einer Woche dran. Halte sie ruhig. Es wäre ungünstig, wenn sie ihr Fohlen jetzt wegen des Stresses abstößt."

Hanna nickt.

„Ich feg' mal draußen die Hänger aus", Marek schnappt sich eine Schiebkarre, einen Besen und eine Schaufel und geht auf den Hof. Ich trete zu Fortuna in die Box.

Sie ist geschwitzt, ihr kleines Fohlen guckt mich scheu an und flüchtet sich gleich hinter den schützenden Körper der Mutter. So ängstlich war ihr Kleines sonst nicht. Sie müssen große Angst gehabt haben, dass sie jetzt so verstört sind.

„Binde sie ruhig an, wenn sie nicht zur Ruhe kommt", Dirk sieht mir durch die Gitterstäbe der benachbarten Box zu. Doch Fortuna fasst sich gerade ein wenig.

„Geh zu ihr und berühre sie. Streichle sie. Rede mit ihr. Dann wird sie auch ruhiger werden."

Ich mache, was Dirk sagt; gehe auf sie zu, streichle ihr vorsichtig über's Gesicht, die Augen, die Nüstern, lasse sie an meinem Pulli riechen, streiche ihr von den Ohren über den Mähnenkamm. Ihr Fohlen traut dem Frieden nicht.

Langsam fahre ich mit meiner Hand über ihren Widerrist, die Schulter herunter und das Vorderbein entlang bis zum Huf, den sie bereitwillig gibt. Sie kennt die Prozedur. Die Hufe wurden nicht mehr ausgekratzt, seitdem sie hier weg sind. Der festgetretene Boden klebt wie Beton am Horn. Mit aller Kraft bemühe ich mich, ihn auszukratzen. Wieder und wieder versuche ich, mit dem eisernen Hufkratzer in die Strahlfurchen zu kommen, doch es will einfach nicht gelingen.

„Lass mich das mal machen. Nimm Du Dir eine weiche Bürste und geh einmal über das Fell. Du weißt, warum, ja?"

Ich gucke Dirk an, der an meinem Blick erkennt, dass ich nicht weiß, was er meint.

„Um sie zu beruhigen", beantwortet er meine unausgesprochene Frage. „Wenn Du jetzt mit einem Striegel das Fell erst aufraust, treibst Du unter Umständen den Blutdruck in die Höhe und die Aufregung wird nicht nachlassen, sondern sich eher noch verstärken. Aber wenn Du einfach eine große, weiche Bürste nimmst und ihnen damit langsam über das Fell streichst, wird ihr Blutdruck sinken und sie werden sich beruhigen."

„Besser hätte ich es auch nicht erklären können", tönt Henrik aus der gegenüberliegenden Box.

Dirk will was sagen, winkt dann aber ab.

Ich putze alle drei Stuten in Ruhe durch, derweil Dirk ihnen die Hufe macht und Henrik sie begutachtet. Nach einer Stunde sind wir fertig und sie stehen friedlich in frischem Stroh, ihre Nasen in den Trögen versenkt, und genießen genüsslich ihre Abendmahlzeit.

Marek und Michael machen die letzte Laderampe hoch und schließen die Riegel. Gratzki und Draeger sind schon weg. Sylvia telefoniert.

„Und?", fragt sie Henrik, der aus dem Stall kommt. Sie steckt ihr Handy weg.

„Ich kann soweit nichts Auffälliges finden."

„Und die trächtige Stute? Bei der auch alles in Ordnung?"

„Alles ruhig. Sie müsste jeden Augenblick fohlen. Das Kleine scheint auch okay. Herztöne sind zu hören und ganz normal."

„Was für eine Erleichterung!", Michael kommt dazu.

„Glück im Unglück", meint Henrik.

„Ist für morgen alles vorbereitet?", Frau von Barnstedt guckt erst mich an und dann Hanna, die jetzt auch draußen steht.

„Wir haben morgen viel Arbeit", entgegnet sie nur.

„Meint ihr, die beiden Stuten mit Fohlen kriegt ihr morgen noch fertig? Dass sie am Samstag mitlaufen können?"

„Das müssen wir morgen sehen, bei Tageslicht. Heute passiert nichts mehr. Es ist gleich zehn und es wird schon dunkel. Wir müssen sie uns in Ruhe ansehen; vortraben, schauen, in was für einer Verfassung sie sind."

„Und für Karina muss auch rund um die Uhr jemand da sein", sagt Henrik, „nach der Aufregung sollte sie ihr Fohlen nicht alleine kriegen."

„Verstehe", Michael nickt bestätigend.

„Dann müssen wir morgen wohl alle mit anpacken", sagt die Barnstedt in einem Ton, als hätte sie noch nie etwas anderes gemacht.

Hanna wirkt etwas irritiert:

„Sie wollen morgen hierher kommen und helfen? Im Stall?"

„Warum nicht", Michael scheint das nicht im Geringsten außergewöhnlich zu finden. „Unsere Telefone haben wir dabei! Wenn jemand was von uns will, kann er mich auch hier erreichen und das Bürotelefon ist auf mein Handy umgeleitet. Oben gibt es vorerst nichts mehr zu tun. Die organisatorischen Sachen sind abgeschlossen."

„Ich verabschiede mich, ich muss weiter", Henrik reicht den Barnstedts die Hand, winkt mir und Hanna zu und setzt sich in sein Auto.

„Bringst Du den Hänger noch rüber?", fragt Michael, als Henrik schon im Auto sitzt.

„Ich stelle ihn vorne wieder hin", er hebt die Hand noch einmal zum Abschied und fährt vom Hof.

„Wir sind dann auch soweit", Marek und Dirk verabschieden sich ebenfalls und starten die Autos.

„Wir sehen uns dann morgen", ruft Michael ihnen noch hinterher, aber das haben sie schon nicht mehr gehört.

Nun stehe ich etwas verloren zwischen Hanna und den Barnstedts.

„Dann also morgen", sagt Michael, guckt erst uns und dann seine Frau an. Die erwidert seinen Blick.

„Also dann", die beiden steigen in ihren Jeep und auch der letzte Wagen verlässt den Stutenstall. Hanna schaut ihnen hinterher. Sie sieht müde aus, aber glücklich; sie ist verschwitzt vom langen Sommertag und man sieht, dass ihre Haare heute einen Regenguss abbekommen haben.

Ich drehe mich um und will gerade den Stall abschließen, als mich ein Gefühl der Sehnsucht überkommt. Ich zwänge mich durch die fast schon geschlossene Stalltür, gehe durch die Gasse und hinten raus in die Aufzucht, um meinen Winston zu besuchen. Als ich leise die Tür öffne, sehe ich, wie er im Stroh liegt, seine Augen halb geschlossen. Jorafina steht neben ihm, knabbert an ein paar Halmen Stroh und hebt sofort ihren Kopf, als ich eintrete. Ich lege einen Finger über meine Lippen, als würde ich ihr sagen, sie soll sich nicht regen und Winston nicht wecken. Sie hält für einen Moment meinem Blick stand, schnauft leise, senkt dann ihren

Kopf, schnappt sich noch ein paar Strohhalme und bleibt regungslos. Sie hat mich verstanden.

30

Es ist heiß. Es ist der letzte Tag vor dem großen Show-Down. Meine kleinen Chaoten dürfen noch einen halben Tag auf die Koppel, aber nur einen halben. Den Stall habe ich dicker als sonst eingestreut, damit sie sich auf keinen Fall im Dreck wälzen, wenn ich sie geputzt und wieder reingestellt hab.

Kaum stelle ich meine Sachen auf den Putzplatz und nehme mir Halfter und Strick, kommt Winston auch schon angelaufen. Er hat mich natürlich genau beobachtet.

„Soll ich mit Dir anfangen? Dann musst Du für den Rest des Tages drinnen stehen. Willst Du das?"

Winston schlägt mit dem Kopf, als würde er nicken. *Er* hat mich offensichtlich nicht verstanden. Dafür fängt er aber gleich wieder an, mit seinem Vorderbein gegen den Zaun zu donnern.

Plötzlich höre ich Schritte. Dann überfällt mich ein leiser Schauer. Sogar Winston ist augenblicklich still.

Frau von Barnstedt ist aus der Stallgasse gekommen und fixiert nun Winston mit autoritärem Blick. Der rührt sich nicht mehr von der Stelle. Der Augenblick scheint sich eine kleine Ewigkeit hinzuziehen, bevor die Barnstedt ihre Spannung entlässt. Erst dann schaut sie mich an:

„Hallo Juna", sie lächelt, als wäre nichts gewesen.

„Hallo", hauche ich mit etwas zittriger Stimme. Ein Blick zu Winston sagt mir, dass auch er kein Wort heraus bekommen würde, könnte er sprechen. Wie kann man nur so autoritär wirken? Wie kann man sich nur von einem Augenblick auf den anderen so verwandeln? Wie kann man nur von jetzt auf nun eine so dermaßen strenge Haltung einnehmen, dass selbst die Vögel aufhören zu singen und alles im Umkreis von 10 Meter stramm steht, und dann plötzlich wieder so freundlich sein?

Sie will gerade gehen, als ihr auffällt, wie irritiert ich bin: „Ich hoffe, ich habe Dir keinen Schrecken eingejagt?", ihr Lächeln wirkt entspannt und weich, meines dagegen etwas gekünstelt. Keiner sagt was.

„Ich war gerade im Stall, als ich einen Jährling gegen den Zaun treten hörte. Hanna erklärte mir, dass Du ihm das bis heute nicht hast abgewöhnen können, stimmt das?"

Ich nicke. Zum ersten Mal ist es mir furchtbar peinlich, dass Winston sich so benimmt; das ist meine Schuld. Mein Blick senkt sich zur Erde. Ich luge vorsichtig rüber zu Winston. Er ist immer noch still. Er hat nicht wieder angefangen, zu bummern. Er will sich nicht noch einmal solch einen schneidenden Blick der Gräfin einfangen und diesen Blicken gegenüber stehen, die so durchdringend sind, dass sie einem jedes Mal fast schon körperliche Schmerzen bereiten.

„Du weißt nicht, *wie*, hab ich recht?"

Ich bin kurz davor, in Tränen auszubrechen. Ich wage es nicht, sie anzusehen. Ob sie dann wütend wird und mich anschreit?

Sie setzt sich auf einen Strohballen neben meinen Putzkasten. Damit habe ich nicht gerechnet. Ich muss unweigerlich zu ihr rübersehen.

„Du hältst mich für ziemlich streng und hartherzig, richtig?", ihre entspannten Gesichtszüge passen überhaupt nicht zu dem Bild, das ich von ihr habe. Es liegt keine Härte und keine Kälte mehr darin. Wie weggeblasen.

„Manchmal", erwidere ich leise.

„Eine strenge Haltung, die Du gezielt einsetzt, ist eines der wirksamsten Mittel, um mit den Tieren umzugehen. Damit erreichst Du sie fast immer und sparst Dir jede weitere Aktion."

Ich verstehe kein Wort von dem, was sie sagt.

„Setz' Dich mal zu mir", sie winkt mich zu sich heran.

Ich setze mich neben sie und lehne mich ebenfalls gegen die Wand.

„Die meisten Unarten, die sich ein Pferd angewöhnt, gewöhnt es sich deshalb an, weil der Besitzer oder der Pfleger nicht weiß, wie er sich dem Tier gegenüber begreiflich machen soll. Schlagen ist keine Alternative; damit verängstigt man ein Pferd oftmals mehr, als das man sein Verhalten zum Positiven hin verändert. Mit den Tieren reden kann man auch nicht, klar, sie verstehen uns ja nicht. Also was bleibt?"

Sie schaut mich an. Ich erwidere nichts.

„Unsere Haltung", fährt sie fort, „die Art und Weise, wie wir ihnen gegenübertreten. Wenn Du in der Lage bist, von einem Moment zum anderen Deine Haltung dahingehend zu verändern, dass Du dem Tier klar zu machst, dass *Du* das Leittier bist und *das Tier* dasjenige, das folgt und dass *Du* das Kommando und das Sagen hast, ohne sie zu berühren, sie anzuschreien oder sie zu schlagen, *dann* hast Du es begriffen."

Sie lächelt wieder. Langsam weiß ich es zu deuten.

„Und das hat nichts damit zu tun, dass Du von Deinem Wesen her streng oder kalt bist, ganz im Gegenteil. Mit einem Tier zu kommunizieren, ohne es zu berühren, sondern es ausschließlich mit Deiner Haltung dazu zu bringen, zu verstehen, was es tun und lassen soll, ist das Beste, was Du für ein Tier tun kannst. Das Gewaltloseste. Und das Sanfteste. Da beginnt die tatsächliche Kommunikation mit Tieren. Verstehst Du?"

„Ja, das verstehe ich."

Ich verstehe es wirklich. Auf ein Mal kommt mir die Barnstedt gar nicht mehr so kalt und furchteinflößend vor.

„Wenn das mit Winston, so heißt er doch?"

Ich bestätige.

„Wenn das mit ihm so weitergeht, dann tritt er uns irgendwann unsere Zäune oder die Boxenwände kaputt. Und anatomische Schäden an den Beinen werden auch nicht lange auf sich warten lassen. Wenn er erst einmal ausgewachsen ist, wird es schwer, ihm Dinge abzugewöhnen, die er immer durfte. Denn dann hast Du den Kampf, den Du mit Deinem nachsichtigen Verhalten immer vermeiden wolltest. Damit, dass Du *nicht* darauf reagiert hast und ihm seine Unarten immer erlaubt hast, beschwörst Du den Kampf förmlich herauf. Und wer will sich schon mit einem Pferd anlegen? Dazu noch mit einem ausgewachsenen Hengst?"

„Klar", ist das einzige, was mir einfällt.

Das ich das bisher selber nicht gesehen habe?

„Versuch' das in Zukunft mal. Und scheue Dich nicht davor, in Deiner Ausstrahlung streng und hart zu sein. Davor darfst Du keine Angst haben. Wenn Du Angst davor hast und immer nur die Liebe sein willst, wirst Du mit der Kommunikation mit Tieren und deren Ausbildung nicht weit kommen, sondern das Gegenteil erreichen von dem, was Du willst. Wenn Du ihnen alles erlaubst, entwickeln sie sich unter Umständen zu Totschlägern. Damit tust Du ihnen kein Gefallen; damit schadest Du ihnen eher. Lebenslang", sie schaut mich an. „Sieh' zu, dass Du beginnst, ihre Sprache zu sprechen. Kommuniziere mit ihnen ohne Worte.

Wenn Du mit den Tieren kommunizieren willst, dann musst Du *sein*, was Du ihnen vermitteln willst. Willst Du, dass sie ruhig sind, dann musst Du ruhig *sein*. Und zwar nicht nur, indem Du nichts sagst. Sondern Dein ganzes Wesen muss ruhig sein, Du musst die Ruhe in

Person sein, sozusagen. Wenn sie Angst haben und Du willst, dass sie sich sicher fühlen, dann *sei sicher*, sei die Sicherheit in Person. Wenn Du willst, dass sie Dich als Leittier anerkennen, dann musst Du Autorität ausstrahlen, dann musst Du die Autorität in Person sein, verstehst Du?"

„Ich habe mich manchmal schon gefragt, ob Sie überhaupt tierlieb sind und ein Herz haben." Das ist mir jetzt so raus gerutscht. Ich musste es einfach aussprechen, nach all den vielen Monaten, die ich hier im Stall war und nichts von den Barnstedts sah oder hörte. Als wäre ich abgestellt worden, im Stall geparkt. Als wäre die Adoption nur ein Aushängeschild für ihre vermeintliche Großmütigkeit, die sie so ungeniert zur Schau gestellt hat.

Sie seufzt:

„Meine Strenge kommt oftmals so rüber, als sei ich gefühllos. Aber das bin ich nicht. Ganz im Gegenteil. Ich verabscheue Menschen, die Pferde schlagen oder anschreien." Ihre Stimme klingt sanft und einfühlsam. „Das habe ich nicht mehr getan, seit ich ein kleines Kind war und es nicht besser wusste. Ich glaube, wahre Tierliebe besteht darin, alles daran zu setzen, sich nur durch seine innere Haltung begreiflich zu machen, und durch nichts sonst."

Ihre Augen wirken fast traurig:

„Meine Tiere haben mich immer respektiert, aber sie hatten nie Angst vor mir; denn sie wussten, dass ihnen in meiner Gegenwart nichts geschehen wird. Sie haben mir vertraut. Vollkommen. Und ich habe sie beschützt, eben auf diese Art und Weise."

Jetzt schaue ich zu ihr auf. Das erste Mal spüre ich, dass auch ich dieser Frau vertrauen kann. Und dass auch ich mich von ihr beschützt fühlen könnte.

„Warum haben Sie mich hier her geholt?", meine Stimme ist so leise, dass, selbst wenn noch jemand bei uns gestanden hätte, niemand anderes als sie mich hätte hören können.

Sie blickt zu mir. Diesmal halte ich ihrem Blick stand. Wie damals. Wir sitzen eine ganze Weile beieinander. Ich spüre, wie sie nachdenkt und lasse sie.

„Weißt Du", sagt sie, nachdem unser beider Blicke über die weiten Koppeln geschweift sind, „ich habe mir immer eine Kindheit in Freiheit gewünscht. Eine Kindheit, in der ich nicht so furchtbar gedrillt werde, sondern wo ich alleine sein kann, meine Fohlen großziehen und mich benehmen kann, wie ich will. Ich wollte zwar gefördert werden, aber ohne Zwang und ohne diese unglaubliche Strenge, ohne diesen immensen Leistungsdruck, ohne immer perfekt sein zu müssen. Denn ich konnte es nie sein. Ich habe die Erwartungen, die an mich gestellt wurden, nie erfüllt. In den Augen meiner Eltern jedenfalls; vor allem in denen meines Vaters." Sie hat während des Sprechens ihre Augen geschlossen und ihr Gesicht in die Sonne gehalten, als würde die Sonne ihr all die Wärme geben, die sie so schmerzlich vermisst hat.

„Aber Du", sie wendet sich zu mir, „Du solltest das dürfen. Wir können keine eigenen Kinder haben, mein Mann und ich, weißt Du? Darum sind wir auf die Idee einer Adoption gekommen. Ich wusste Anfangs nicht, was ich davon halten sollte. Aber dann", sie stockt, „aber dann habe ich Dich gesehen." Ihre Stimme wird leiser, fast so, als spräche sie mit sich selbst.

„Wie frei Du warst. Wie unbekümmert. Wie sorglos Du mit all den Konventionen umgegangen bist, denen ich mich ein Leben lang unterworfen habe. Ich habe immer versucht, allem gerecht zu werden, aber Du", ihr Blick wird weich, „Du warst anders. Anders als ich und auch anders als die anderen Kinder im Heim. Du warst frei. *Du* hast Dich niemandem unterworfen. Du hattest die

Selbstsicherheit in Dir, die ich immer haben wollte, und nur spielen konnte."

Sie schaut zu Boden. Mein Blick dagegen ist klar auf sie gerichtet. Ich hätte alles auf der Welt für möglich gehalten, aber nicht solche Worte von dieser Frau.

„Und dann hat sich das Blatt gewendet. Ich wollte unbedingt, dass Du hierher kommst. Wenn ich schon keine freie Jugend haben durfte, dann wollte ich sie wenigstens Dir ermöglichen. Das sollte mein Trost sein. Für alles."

„War es das denn?"

Sie nickt:

„War es richtig für Dich, dass wir Dich erstmal in Ruhe gelassen haben? Dass Du Dich in Ruhe mit den Pferden und dem Hof anfreunden konntest?"

„Ja, das war es! Absolut Richtig!"

„Dann ist das mein Trost", sie greift meine Hand. Ich lasse sie gewähren, erwidere ihren leichten Druck.

„Und sag' ab jetzt Sylvia zu mir, okay?"

Unwillkürlich legt sich ein Lächeln auf mein Gesicht:

„Okay."

Winston stampft einmal mit dem Vorderbein auf und quietscht. Ich muss lachen. Sylvia auch.

Wir sitzen nebeneinander auf dem Strohballen und schauen auf die Fohlenweide. Winston steht am Zaun und macht den Clown. Er war die ganze Zeit über still. Ich glaube ja, dass er durchaus begreift, worüber wir sprechen. Allerdings nur manchmal. Doch das ist zwischen uns Menschen ja auch nicht anders.

31

Wir waschen und putzen an diesem Tag wie verrückt. Die Fohlen bleiben vorerst auf der Koppel, 'die machen wir zum Schluss', hat Sylvia gesagt.

Largo und Fortuna benötigen mehrere Grundreinigungen mit Wasser, Seife und Shampoo, bevor sie wieder halbwegs zivilisiert aussehen. Die Stuten lassen die Prozedur mit aller Gelassenheit über sich ergehen. Ihre Fohlen wissen allerdings nicht so recht, was sie davon halten sollen. Sie sind von ihrem unbeabsichtigten Abenteuer der letzten Wochen ziemlich verstört, und jetzt werden sie auch noch einshampooniert! Eine Frechheit! Doch als sie begreifen, dass ihren Mamis dasselbe Schicksal widerfährt, diese jedoch die Zuwendung, die sie erhalten, in vollen Zügen genießen, werden auch die Kleinen ruhiger.

Sie sind natürlich nicht angebunden. Nur die Stuten haben Halfter um und die Stricke sind an den großen, eisernen Ringen in der Stallmauer befestigt, die extra dafür installiert wurden. Somit gestaltet sich das Säubern der Kleinen um einiges schwieriger, als das der Großen. Es geht nur, indem einer ein Fohlen festhält und der andere einschäumt. Es ist eine große Badeveranstaltung für alle, uns eingeschlossen. Zum Glück haben wir Sommer.

Sylvia scheut sich in keiner Weise davor, selbst mit anzupacken. Nachdem wir die beiden Stuten salonfähig gemacht haben, ist Sylvia in ihrer äußeren Erscheinung kaum mehr von uns Pflegern zu unterscheiden: Ihr Haar ist schweißnass und aus der hochgesteckten Frisur hängen an allen Seiten Haarsträhnen heraus, die ihr im Gesicht hängen oder an ihrem verschwitzten Nacken kleben. Ihre Bluse ist vom Waschwasser nass, Stalldreck klebt stellenweise daran und ihre Hose sieht auch nicht besser aus. Pferdehaare hängen überall in den Sachen und leichter Stallgeruch geht von ihnen aus. Dazu hat sie lederne Arbeitsschuhe an, die sie heute auch nicht zum ersten Mal trägt.

„Juna! Frau von Barnstedt!", Hanna hastet aus dem Stall. „Es ist", sie ist wie immer hin- und hergerissen zwischen Respekt und Angst gegenüber der Barnstedt und weiß nicht so richtig, wie sie sich verhalten soll, „es ist Karina. Ich glaube, das Fohlen kommt."

Sylvia legt seelenruhig ihr Putzzeug in den Kasten: „Gutes Timing! Wir sind gerade mit den vier Tieren hier durch."

Karina ist ziemlich geschwitzt, läuft unruhig in der Box im Kreis und scharrt kräftig mit den Vorderbeinen im Stroh. Ihr Stall sieht aus, als hätte eine Bombe eingeschlagen.

„Hast Du Henrik verständigt?", Sylvia öffnet die Tür und geht zu Karina hinein.

„Er ist mit irgendeinem Notfall beschäftigt, Kolik oder so. Außerdem ist er gute 50 km von hier entfernt."

„Juna, hol' warmes Wasser, schnell!"

Ich renne sofort los. Hanna und Sylvia bleiben zurück.

Die Stute legt sich hin, doch es sieht eher so aus, als wenn ihre Beine unter ihr nachgeben. Und dann geht es auch schon los.

„Hanna, halte Du ihren Kopf!", Sylvia kniet sich hinter das Pferd. „Haben wir Gummihandschuhe hier?"

„Im Pflegerraum, oben im Apothekerschrank."

Gerade habe ich den Eimer mit dem warmen Wasser abgestellt, schon rase ich wieder los und reiße die Packung mit den Einmalhandschuhen aus dem Schrank.

Sylvia zieht sich sofort ein Paar über, Hanna ebenfalls und ich tue das selbe. Sicher ist sicher.

„Das Fohlen muss ungünstig liegen", sagt Hanna panisch und mit zitternder Stimme, „sonst würde sie nicht so krampfen."

„Hat Henrik nichts gesagt, nachdem er sie das letzte Mal untersucht hat?", fragt Sylvia, ohne ihren Blick von der Stute zu lösen, der Blut hinten heraus läuft.

„Nein, nichts. Dafür scheint es keine Anzeichen gegeben zu haben."

„Manchmal drehen sich die kleinen Biester kurz vor der Geburt nochmal. Das kann man vorher nicht absehen. Los Juna, schnell! Hol noch einen Eimer mit kaltem Wasser. Hanna soll die Stute mal ein bisschen runterkühlen. Und bring einen Schwamm mit!"

Wieder renne ich los. In Null-Komma-Nichts habe ich alles beisammen.

„Haben wir nicht noch einen anderen Tierarzt im Dienst? Was ist mit Gerfried? Ist der auch mit 'nem Notfall beschäftigt?"

„Der hat keinen Dienst, der ist im Urlaub", Hanna wischt der Stute mit dem kalten Schwamm über den Hals.

„Und seine Vertretung? Wer macht die? Ist der nicht zu erreichen?"

„Henrik."

„Na dann los. Jetzt müssen wir es schaffen. Juna, komm her und stütze ihren Bauch."

Ich hocke mich ins aufgewühlte, nasse Stroh und schaue fragend die Barnstedt an.

„Wenn die nächste Wehe einsetzt, dann unterstütze Du den Geburtsvorgang, indem Du leicht über den Bauch nach unten streichst. Aber nicht zu doll, hörst Du?"

Die Stute krampft. Ich mache, was Sylvia gesagt hat. Hanna versucht, sie am Kopf zu beruhigen. Sylvia hält mit einer Hand den Schweif der Stute weg, die andere liegt auf ihrer Kruppe.

„Aha", sagt sie, „ich sehe schon einen kleinen Po. Unser Neuankömmling hat kurzfristig beschlossen, mit dem Hintern zuerst auf die Welt zu kommen."

Sie wirkt völlig entspannt, als sie das sagt. Sie scheint es sogar ein bisschen komisch zu finden.

„Ich kriege jetzt leider noch nichts zu fassen. Am Schweif des Fohlens sollte man in solch einem Fall übrigens nicht ziehen."

Sie kichert leise. Als sie kurz aufschaut, sieht sie in mein fragendes und Hannas ängstliches Gesicht.

„Keine Sorge, wenn *das* unser Problem ist, dann ist es nicht so schlimm."

Die nächste Wehe setzt ein. Ich streiche über den Bauch. Hanna ist mit dem kalten Schwamm beschäftigt, und Sylvias Gesicht hellt auf:

„Da ist ja schon der Popo, und die Hinterbeinchen gleich hinterher. Jetzt langsam weiter."

Sie greift sich den kleinen Körper, der hinten aus der Stute heraus guckt und mit der nächsten Wehe gleitet ganz langsam der Rest des Fohlens hinterher, dann der Hals, die Vorderbeinchen und zuletzt der Kopf. Kaum ist das Fohlen heraus, sinkt die Stute einen Atemzug lang in Hannas Arme. Doch sofort hebt sie sich wieder hoch und betrachtet ihr Neugeborenes.

Dessen Hinterbeine und Popo sind frei, doch über dem halben Körper und der vorderen Hälfte des Tierchens hängt die Fruchtblase wir ein Raumanzug. Als das Fohlen den Kopf hebt, sieht es aus wie ein Astronaut. Sylvia lacht sich kaputt. Hanna ist erleichtert und ich habe gar nicht gemerkt, wie mir schon die Tränen laufen vor lauter Freude.

Die Stute atmet einmal tief, als würde sie seufzen und meinen: „Na, das kann ja heiter werden!"

Sie knabbert sogleich an dem Kleinen rum, der erst einmal nicht begreift, was los ist. Für ihn liegt die Welt noch unter einem milchigen Schleier.

Sylvia beginnt nun, die Stute zu waschen, sodass man nicht mehr sehen kann, dass sie eben eine Geburt hinter sich gebracht hat. Das Fohlen lässt sie jedoch in Obhut der Mutterstute und mischt sich erst mal nicht ein.

„Lass die beiden mal kurz alleine", sie deutet uns, die Box zu verlassen.

„Die zwei müssen dann so bald wie möglich raus, damit wir hier misten und frisch einstreuen können. Geh doch bitte mal rüber und hol eine Karre und Stroh."

Ich warte gar nicht lange, sondern gehe sofort los.

„Das ist ja noch mal gut gegangen", bemerkt Hanna.

Sie stehen nebeneinander und beobachten das kleine Fohlen. Hanna nutzt den stillen Moment und wendet sich an ihre Chefin:

„Es tut mir übrigens Leid, das mit Henrik. Da ist ..."

Sylvia winkt ab:

„Nicht der Rede wert", entgegnet sie, „in schwierigen Situationen, die im ersten Augenblick aussichtslos erscheinen, ist es sehr naheliegend, erst mal nach einem Fluchtweg zu suchen", sie schaut Hanna an. „Es war Blödsinn. Kindisch, verstehst Du? Nichts weiter. Da war nie was und da wird auch nie was sein. Zum Glück habe ich mich besonnen und nicht meine Ehe aufs Spiel gesetzt, die mir mehr wert ist, als jeder Fluchtweg der Welt."

Hanna nickt gedankenversunken.

„Haben sich die Aussichten denn gebessert?", traut sich Hanna zu fragen.

Sylvia bleibt still. Ihre Augen verraten, dass die Antwort auf diese Frage nicht das ist, was sie sich wünschen würde:

„Mit mir und meinem Mann schon; ansonsten tun wir unser Bestes. Die Show soll ein Weg aus dieser Aussichtslosigkeit heraus sein."

„Es geht also um Geld?", Hanna ist sichtlich erstaunt, „und ich dachte immer, dass ..."

Sylvia schüttelt den Kopf:

„Nein, es ist nichts in Ordnung. Wir beten zu Gott, dass wir nicht doch früher oder später verkaufen müssen. Und wenn Du uns helfen willst, dann bete für uns mit."

Hanna schluckt:

„Aber … davon haben Sie nie etwas gesagt! Wir dachten immer alle, es sei alles so gut, so perfekt, so sicher ..."

„Nichts ist sicher", entgegnet die Barnstedt. „Wir haben bei dem großen Börsencrash vor zwei Jahren einen Großteil unserer Rücklagen verloren. Einfach weg. Über Nacht."

Hanna schweigt. Diese Nachrichten ist für sie ein Schlag in die Magengrube:

„Und was heißt das jetzt?"

„Wir hoffen sehr, dass die Show ein Erfolg wird", Sylvia dreht sich zu ihrer Pflegerin und fasst ihr an die Schulter:

„Ich bin übrigens sehr froh, Dich zu haben. Ohne Dich würde das Gestüt nur halb so gut funktionieren."

Hanna sagt zwar nichts, doch ihre Gestik verrät eindeutig, dass ihre Angst in diesen Augenblicken für immer dem Mitgefühl für ihre Chefin gewichen ist.

„Und Henrik?", fragt Hanna.

„Warum? Seid ihr nicht schon seit langem ein Paar?"

Hanna schüttelt den Kopf:

„Nein, ich habe mich nicht getraut. Ich dachte, Sie würden sonst wütend werden und ich wollte auf keinen Fall eine Feindschaft ..."

Sylvia lacht:

„Erlöse ihn aus seiner Qual. Und denk dabei bitte nicht an mich!"

Gerade balanciere ich mit einer Karre voller Strohballen um die Ecke, als ich Sylvia und Hanna miteinander lachen sehe. Außerdem kommt Henrik gerade fröhlich pfeifend in den Stall.

„Na, Ihr habt ja gute Laune!", begrüßt er uns, „ich scheine offensichtlich ziemlich überflüssig zu sein?" Er wirft einen Blick in die Box.

Das Fohlen sieht ihn, macht vor lauter Schreck einen Satz nach hinten, rempelt seine Mutter an und fliegt ins Stroh. Die Stute wundert sich einen Moment, fährt dann aber in aller Ruhe fort, die letzten trockenen Halme vom Boden aufzulesen.

„Ihr habt ja ganz schön gewütet", bemerkt Henrik.

Hanna grinst ihn an, als hätte sie nicht mehr alle Tassen im Schrank. *Was ist denn mit der passiert?*

„Na los, die Damen. Als Tierarzt empfehle ich: Die Box sauber zu machen und der Stute eine gute Portion Müsli zu verabreichen, mit viel Öl, Möhren und Äpfeln. Sie braucht jetzt Vitamine, damit sie wieder zu Kräften kommt."

„Juna, Du hilfst mir, den Stall auszumisten. Hanna, Du nimmst die Stute mit raus und gibst ihr das Kraftfutter, so, wie der Tierarzt angeordnet hat. Henrik, Du gehst mit! Dann kannst Du die Stute und das Fohlen gleich noch mal begutachten."

Sie lächelt Hanna zu und nickt. Die schnappt sich die Stute und verlässt den Stall. Das Fohlen eiert unbeholfen hinter ihr her, pausenlos damit befasst, das Gleichgewicht zu halten und gleichzeitig so nah wie möglich an der Mutterstute zu bleiben, die es in regelmäßigen Abständen ins Fell zwickt. Karina scheint das jedoch nicht zu stören.

„Dann wären wir ja vollzählig", freut sich Sylvia. „Jetzt", sie seufzt und schaut mich an, „kann die Show beginnen."

32

Der Wecker klingelt. Es ist vier Uhr morgens. Hanna hat gesagt, wir müssen früh fertig sein, die Pferde geputzt und den Stall gemistet haben, bevor die ersten Leute kommen.

Ich springe aus dem Bett. Als ich in den Stall gehe, wird es draußen schon hell.

„Guten Morgen, Juna!"

Hanna ist schon da.

„Fang heute mit dem Misten an. Füttern können wir später, zur gewohnten Zeit, um sieben."

Ich schnappe mir meine Karre und gehe rüber in die Aufzucht. Der Himmel draußen ist klar, weit und breit ist nicht eine Wolke zu sehen. Er verspricht einen schönen, sonnigen Tag.

Ich trete in den Stall und glaube, mich trifft der Schlag. Es sieht aus, als hätte einen Bombe eingeschlagen. Meine Kleinen müssen die ganze Nacht getobt haben. Am besten, ich lasse sie einfach noch mal kurz raus, bis zum Frühstück.

Kaum öffne ich die große Schiebetür, flitzen sie auch schon los. Besser, sie reagieren sich *jetzt* ab, als nachher draußen auf dem Platz.

Es dauert eine geschlagene Stunde, bis ich den Laufstall wieder halbwegs auf Vordermann gebracht habe. Alles, was nass war, habe ich rausgenommen und weil die ganze Box so zerwühlt war, zähle ich gute 12 Karren Mist. Als ich mit dem Einstreuen fertig bin und die Jährlinge wieder im Stall stehen, ist es schon halb sieben. Jetzt alle noch einmal schnell überputzen und dann gibt's Frühstück. Für sie und für mich.

„Flechtest Du ein?", frage ich verwundert, als ich zurück im Stutenstall bin. Hanna hat sich auf einem Stuhl neben

Indira gestellt, die an beiden Seiten angebunden auf der Stallgasse steht und mich so frech anguckt, als würde sie sagen:

„Na, wonach sieht's denn aus?"

Der kleine Santos steht daneben guckt an Hanna hoch und bestaunt den Zweibeiner, der so komische Sachen mit seiner Mutter macht und dann mich, die so komische Fragen stellt.

„Kann mir mal einer erklären, was hier los ist?", steht in großen Druckbuchstaben auf seiner Stirn. Wären wir in einem Zeichentrickfilm, würde jetzt ein großes Fragezeichen über seinem Kopf hin- und herbaumeln.

Hanna hat eine Ladung Einflechtgummis zwischen den Zähnen, was sehr merkwürdig aussieht, als sie zu mir schaut und lächelt.

„Meine drüben auch?", ich zeige in Richtung Aufzucht.

Sie verneint.

Ich würde mich jetzt gerne auf einen der Strohballen setzen, die immer am Rand bei den Boxen liegen, doch heute ist die Stallgasse leer und sieht aus wie poliert. Es liegt nicht ein Halm Stroh auf dem Boden. Die Boxenwände sind sauber, die Gitter von Spinnenweben befreit, die Arbeitsgeräte weggeräumt. Da ich mich ohnehin nicht setzen kann und noch etwas Zeit bis zum Füttern ist, drehe ich mich so unauffällig wie möglich um und schleiche aus dem Stall, zurück in die Aufzucht. Man muss es ja nicht forcieren, dass die Besucher einen Schock erleiden, wenn sie von Hannas perfekt hergerichtetem Stall in mein Einzugsgebiet treten, das mindestens genauso chaotisch aussieht, wie am Morgen der Laufstall.

In Höchstgeschwindigkeit räume ich auch die letzte Forke beiseite, stelle alles ordentlich zum Misthaufen bzw. hänge es an der Wand an die dafür vorgesehenen Haken. Die drei überschüssigen Strohballen bringe ich raus, staple sie zu den anderen in die Heukammer und fege, wie ich noch nie gefegt habe. Als es Zeit zum Frühstücken ist, bin ich das erste Mal an diesem Tag erschöpft.

Dann geht alles ganz schnell. Ich helfe Hanna, alle Stuten einzuflechten, was mir nur notdürftig gelingt. Auch die Fohlen werden geputzt. Das erweist sich zeitweilig als ziemlich kompliziert, weil sie die Aufregung spüren, die in der Luft liegt und noch mehr als sonst um die Mutterstuten herumtanzen. Zum Schluss hält Hanna sie fest, ich striegle sie und mache ihnen die Hufe. Ständig kommen Leute in den Stall und fragen nach irgendwem; Bernd kommt vorbei, geschickt von der Chefin, um zu sehen, ob alles in Ordnung ist. Frieda schaut vorbei, deckt unseren Tisch im Pflegerraum und befiehlt uns zwischendurch, zu Essen, bevor sie sich zu Marek und Dirk aufmacht:

„Wenn ich *erst* zu denen und *dann* zu Euch gefahren wäre, müsste ich Sorge haben, dass sie mir den ganzen Proviantkorb leer essen und nichts mehr für Euch übrig bleibt", wirft sie uns scherzhaft zu und ist auch schon wieder verschwunden.

Die Barnstedt kommt in den Stall, stellt die aller offensichtlichsten Fragen wie:

„Habt Ihr den Stall schon fertig?", oder „sind die Pferde auch gemacht?" und ist genauso schnell wieder weg, wie sie aufgetaucht ist. Händler kommen hereingeschneit und dann die ersten Besucher.

„MAMA, GUCK MAL, EIN FOHLEN", brüllt es in den Stall. Unsere alte Cora, die wir gerade auf der Stallgasse angebunden haben, spitzt die Ohren und guckt seelenruhig zum Eingang. Ihr Blick fällt auf ein kleines Mädchen, das mit aller Kraft am Arm seiner Mutter zieht, der es offensichtlich etwas unangenehm ist, dass ihre Tochter hier so lautstark auffällt. Hanniball macht vor lauter Schreck einen Satz rückwärts. Hanna fliegt hin, ich greife eilig in Hanniballs Halfter und schleife ein paar Meter hinterher, bevor ich ihn zum Stehen kriege.

„Wir kommen später wieder, ja?", versucht die Mutter ihre Tochter zu beruhigen und noch im Weggehen schreit sie: „ICH WILL ABER DAS FOHLEN STREICHELN!"

Hanniball ist so verschreckt, dass es beinahe so aussieht, als ginge er gleich die Wände hoch.

„Lass ihn los!", greift Hanna ein.

Ich lasse los. Augenblicklich rast er zu Cora, saust an ihr vorbei, springt wild umher, dreht, saust zurück und rempelt dabei, mit voller Kraft eines jungen Fohlens, seine Mutter an, als würde die Heftigkeit ihrer Berührungen gleichzusetzen sein mit dem Schutz, den er von ihr bekommt. Cora atmet einmal tief ein und aus, rührt sich jedoch nicht von der Stelle, sondern wechselt lediglich vom linken Hinterbein, auf dem sie bisher geruht hat, auf das rechte. Es klingt wie das Seufzen einer Mutter und ein vollkommen entspanntes:

„Wie schön, dass es Dir gut geht, mein Kind."

Hanniball ist nicht mehr zu beruhigen.

„Lass gut sein", meint Hanna, „stellen wir sie rein. Es ist ohnehin Zeit, Winston und Jorafina fertig zu machen. Wir sind gleich die ersten nach der Eröffnungsrede."

Ich schmeiße das Putzzeug in den Kasten und während Hanna Cora wegstellt, hole ich schon Halfter und Stricke und gehe rüber.

Winston guckt natürlich gleich ganz keck und frech, als ich den Stall betrete. Jorafina versucht zeitgleich, sich hinter ihm zu verstecken. Ich lege beiden ihre Halfter an. Gerade, als ich losgehen will, kommt Hanna. Sie schnappt sich Jorafina. Ich gehe mit Winston voran in den Stutenstall. Dort binden wir beide an, genauso, wie wir es mit den Stuten gemacht haben, und putzen sie noch einmal schnell über; den Schweif und die Mähne gebürstet, Glanzspray ins Fell, Fett auf die Hufen, fertig.

Ich mache Winston los. Er bleibt still an meiner Seite stehen.

Langsam streichle ich ihm über seine Nüstern. Er reckt mir seine Schnauze zu, pustet mir ins Gesicht und reibt seinen Kopf an meinem und ich weiß, dass er mich nicht im Stich lassen wird. Mit ihm wird alles gut laufen.

Unbemerkt trat ein Mann in den Stall, den ich erst bemerke, als er in fast hypnotisierend langsamen Worten und tiefster Stimme sagt:

„Es wird langsam Zeit. Ihr solltet los."

Ich blicke in die Augen eines alten Herrn. Sein Gesicht ist von tiefen Furchen durchzogen und seine Haut von unzähligen Jahrzehnten sonnengegerbt. Er bewegt sich in Zeitlupe, wirkt aber nicht zerbrechlich. Eher gesetzt; selbstsicher; so, als gäbe es nichts, was er in der Pferdewelt noch nicht gesehen hätte.

Mit einem Schlag fällt alle Aufregung von mir und weicht einem Gefühl der totalen Sicherheit. Der Mann dreht sich um und wandelt aus dem Stall, ebenso lautlos, wie er gekommen sein muss. Ich schaue ihm nach, unfähig, meinen Blick von ihm zu wenden. Als er durch die offenen Stalltür verschwunden ist, bemerke ich, dass die ersten Sonnenstrahlen auf den Steinboden fallen. Ruhe legt sich über mein Gemüt. Und ein Gefühl, als könnte ich alles schaffen, wenn ich nur fest an mich glaube.

33

Die Aufregung ist unbeschreiblich. Es sind mindestens tausend Menschen mehr da, als ich erwartet habe. Die große Allee war ja schon voller Leute, aber hier am Platz ist die Hölle los: Die Ränge sind bis auf den letzten Platz belegt, am Zaun drängen sich die Zuschauer, überall sind Stände, Musik spielt laut und gerade hält Michael eine Rede, von der ich kein Wort verstehe, weil ich die ganze Zeit ein Auge auf Jorafina werfe. Arme Hanna. Die hat alle Hände voll zu tun, sie halbwegs in der Spur zu halten. Winston ist zwar auch aufgeregt, aber er hält sich dicht an mich. Er vertraut mir. Er meint, ich werde das alles schon regeln. Werde ich das? Hoffentlich.

Jorafina klebt an Winston und lässt nicht einen Millimeter zwischen die beiden kommen. Das ist Hannas Glück! Hätten wir versucht, die Jährlinge einzeln herzuführen, es wäre ein Desaster geworden.

„Fantastisch! Hier her!"

Ich drehe mich um und höre das Klicken eines Fotoapparates.

„Noch mal! Ja, genau so. Gut! Stehen bleiben. Und jetzt etwas lächeln."

Es ist die Warnow. Hinter ihr drängt sich das versammelte Kamerateam durch die Menge. Das hat mir gerade noch gefehlt!

„Wie heißt das Pferd?", sie lässt die Kamera um ihren Hals baumeln und zückt einen Notizblock. Der Kameramann schultert seine Kamera und richtet sie auf mich. Schräg hinter ihm, ein Typ mit Riesen-Kopfhörern, hält ein Mikro an einer langen Stange über meinen Kopf.

„Winston", ist alles, was ich sage.

Sie schlägt aufgeregt ihre Aufzeichnungen auf:

„Ah, hier haben wir's", sie wendet sich dem Kameramann zu; „erster Programmpunkt: Winston, vorgestellt von Juna Larsen. Winston, ein Brandenburger Hengst, aus der Raja von dem ..", mehr höre ich nicht. Vor mir wird die Tür aufgerissen und wir werden über Lautsprecher angesagt. Die Musik setzt ein.

„LOS!", schreit eine Stimme. Keine Ahnung wer das war. Winston reagiert wie aus der Pistole geschossen und ich weiß nur noch, dass ich laufe. Alles um mich herum versinkt in einem großen, mächtigen Rauschen. Plötzlich existiert nichts mehr und ich höre nur noch meine Schritte auf dem Rasen. Meinen Atem, Winstons Schnauben, den Wind in seiner Mähne, die Sonnenstrahlen auf meiner Haut. Mein Blick ist halb vor mich, halb auf meine Füße gerichtet. Nur nicht stolpern und hinfallen! Ich bin durch die Ecke. Die erste lange Seite ist geschafft. Nach der nächsten Ecke galoppieren wir an.

Winston läuft perfekt. Er ist zwar angespannt, aber er ist bei mir, er lässt mich nicht allein. Er kennt das Programm und folgt mir, macht einfach, was ich ihm vorgebe. Daraus speist sich sein Gefühl der Sicherheit. Er hat alle Verantwortung und alle Entscheidungsgewalt an mich abgegeben. Er hat mich von Anfang an als sein Leittier anerkannt und mich noch nie in Frage gestellt. Mir zu vertrauen ist für ihn so, als würde er sich auf seine eigenen Mutter verlassen. Ich übernahm diese Rolle einmal, und seitdem habe ich sie. Für ihn bin *ich* diejenige, die weiß, wo es langgeht, die ihn beschützt, kurz um: Diejenige, die die Herde anführt.

Mir gibt niemand etwas vor. Ich muss selbst wissen und entscheiden, was zu tun ist.

„Und jetzt zeigt Euch noch mal in Eurer ganzen Pracht", schallt es durch die Lautsprecher, als wir gerade zum zweiten Mal am Eingang vorbei sind.

Michael deutet uns, die Pferde vor der Tribüne zu präsentieren. Dazu stellt man sich vor das Tier, nimmt je ein Zügel in eine Hand, fasst kurz hinter die Gebissringe, hält sie auseinander und lässt das Pferd so stehen, dass es offen steht; das bedeutet, auf der Seite, die dem Publikum zugewandt ist, steht das vordere Bein vor, das hintere zurück. Den Kopf hält man relativ hoch, damit der Hals zur Geltung kommt. Kameras klicken wie wild, die Menge applaudiert. Fertig. Wir sind durch.

Erleichtert gehe ich vom Platz. Erst jetzt werfe ich einen Blick hinter mich. Hanna ist komplett verschwitzt. Jorafina rast das Herz. Das sieht man an ihren weit aufgerissenen Augen, an ihrem nassen Hals, den Adern, die hervortreten und dem Schaum vor ihrem Maul. Hanna nickt mir zu. Es ist alles gut.

34

Wir hasten so schnell es geht zurück zum Stall. Vom Platz tönt laute Musik, irgendeine Quadrille wird geritten, oder sind es Küren? Die Menschen jubeln und klatschen, drängen sich dicht am Zaun, der bis auf den letzten Meter vom Publikum in Beschlag genommen ist. Wir lassen das Spektakel schnell hinter uns, die weiten Wiesen tun sich auf und langsam verebben die Geräusche. Natürlich hört man Musik und Lärm auf dem ganzen Gelände, aber er versinkt im Hintergrund und man kann wieder das Rauschen der Bäume und das Singen der Vögel wahrnehmen.
Es poltert. Winston stockt und blickt auf. Mir bleibt für ein paar Momente der Atem weg: Die Fahrer!
Ein Zug aus mindestens zehn Gespannen kommt uns auf der großen Allee entgegen, die augenblicklich noch würdevoller aussieht, als sie es ohnehin schon ist.
Der Zug wird von einem Vierspänner geleitet, schwarze Pferde, alle gleich groß, mit Geschirren aus glänzendem Leder. Auch das Fell der Pferde glänzt, als seien sie poliert worden. Und dann erst die Kutsche! Ich habe gehört, dass der alte Barnstedt und seine Vorfahren ihre Kutschen aufhoben haben und in einer Art kleinem Museum aufbewahren. Gesehen habe ich sie jedoch nie,

das Museum bis heute nicht besucht, dachte, es sei langweilig: Tote Kutschen; fast so langweilig wie tote Autos, die nur dann interessant sind, wenn sie funktionieren und einen von A nach B bringen. Doch das hier ist alles andere als tot! Die Fahrwerke der Kutschen sind aus Holz, mit Eisen beschlagen. Immer wieder brechen sich die Sonnenstrahlen, die durch das üppige Laub der Bäume fallen, in dem blank polierten Metall.

Die Kanzel und der Kutschbock der ersten Kutsche sind ebenfalls schwarz, goldene Ornamente verzieren beide Seiten und das alte Holz der Kutsche knarrt, als sie majestätisch über den groben Sand des Bodens gezogen wird. Mich durchfährt eine Welle von Ehrfurcht und fast möchte ich mich verbeugen, als der Zug an uns vorbeifährt. Der Kutscher schaut zu mir herunter, lächelt mich an und zwinkert mir zu. Seine Tracht, passend zur Kutsche, ist ebenfalls historisch. Er trägt einen Zylinder, einen Frack und weiße Handschuhe. Staunend schaue ich zu ihm auf.

Es folgt eine weiße Kutsche, die ebenfalls mit Gold ornamentiert ist. Die Pferde, auch diesmal passend zur Kutsche: Weiß. Alle vier. Ich blicke ihnen nach und erkenne ein Wappen auf der Rückseite der ersten beiden Kutschen. Für einen kurzen Moment muss ich überlegen. Ich kenne es! Es ist dasselbe Wappen, das über der Toreinfahrt zum Gestüt prangt.

Die nächste Kutsche rattert an mir vorbei. Der Kutschbock ist mit rotem Samt bespannt und die Kanzel ist mit demselben rotem Samt ausgekleidet. Zwei alte Laternen hängen rechts und links neben dem Kutschbock, in denen Öllichter gezündet werden können. Und hinter der Kanzel sowie auf dem Dach, ist sie mit uralten Koffern bestückt, ebenso glänzend und wunderschön, wie der ganze Zug. Auch hier ist das Wappen zu sehen, allerdings nicht hinten sondern an der

Seite, direkt auf der Tür. Es sind die alten, gestütseigenen Gefährte aus längst vergangenen Jahrhunderten.

In diesen Momenten wird mir bewusst, was für eine glamouröse Dynastie das Haus der Barnstedts gewesen sein muss, und wie tief sie gefallen sind, dass sie nun, viele Generationen später, um ihre Existenz bangen.

Das nächste Gefährt zieht mit lautem Poltern heran. Eine goldene Kutsche! Wie im Märchen! Unfassbar! Sie leuchtet förmlich in der Sonne, ja, sie überstrahlt den ganzen Zug! Sechs der schönsten Pferde sind angespannt. Sie sind alle eingeflochten und ihre Mähnen sind mit goldenen Perlen verziert. Die Pferde haben Kastanienbraunes Fell, das so golden, wie die Perlen, in der Sonne glänzt. Der Fahrer trägt eine Uniform und unter seiner Kopfbedeckung eine weiße, gewellte Perücke. Er sieht aus wie der alte Fritz! Neben dem Gestütswappen, das nur klein zu sehen ist, prangt an beiden Seiten ein noch größeres und schöneres. Tatsächlich! Es ist: Die Königliche Kutsche! Das Highlight des gesamten Zuges. Mir wurde viel von ihr erzählt, doch so überragend schön und prachtvoll habe ich sie mir in meinen kühnsten Träumen nicht ausgemalt. Ich bin ergriffen.

Es folgt eine alte Postkutsche. Sie ist quietschgelb, ein Posthorn ist auf der Seite aufgemalt, ähnlich dem, das die Post heute noch verwendet. Der Typ, der die vergleichsweise kleine Kutsche fährt und wie der Postminister höchst persönlich aussieht, macht Faxen und ein lustiges Gesicht, als er an mir vorbeizieht. Dann passiert das Unvermeidliche: Er nimmt sein Posthorn, holt tief Luft und kündigt lautstark das Kommen der Kolonne an.

Ich kriege nur noch mit, wie Hanna in den Dreck fliegt und eh ich mich versehe, rast Jorafina an mir vorbei auf die große, weite Wiese, rennt und rennt, bis sie kaum mehr zu sehen ist, immer in Richtung Gestütsfriedhof.

„Nein!", schreit sie halblaut. Hanna ist aufgesprungen und schlägt ihre grasverschmutzten Hände über dem Kopf zusammen.

Wir können uns nicht erlauben, Zeit zu verlieren. Wir stehen eigentlich schon viel zu lange hier. Die beiden Jährlinge müssen weggebracht, die Stuten müssen geholt werden. Der Weg vom Platz zum Stall ist weit. Jetzt noch Jorafina suchen und einfangen, die praktisch überall sein kann, das Ganze dann auch noch zu Fuß? Ausgeschlossen!

Die letzte Kusche rattert an uns vorbei, dann entfernt sich der Krach langsam. Winston steht mit dem gewohnten Vertrauen bei mir und weicht nicht von meiner Seite.

„Was machen wir denn jetzt?", frage ich ihn, wohl wissend, dass er die Antwort auch nicht parat hat.

„Los, zum Stall!", ordnet Hanna an. Es klingt hilflos und ein wenig verzweifelt.

Jetzt beeilen wir uns noch mehr als vorhin. Hanna rennt voraus, Winston und ich traben hinterher. Das letzte, was ich jetzt brauche, ist, dass auch er noch in Panik verfällt. Ich pariere wieder durch, gehe allerdings so schnell ich kann. Ich möchte keine Angst verbreiten. Es könnte auf ihn übergreifen.

Wieder Hufgetrappel. Dirk. Er kommt mir fröhlich pfeifend auf Elysa entgegen:

„Tag, die Dame", begrüßt er mich in bester Laune und entspannter, als jeder normale Mensch an solch einem Tag sein kann.

„Jorafina ist abgehaun", ich ringe nach Atem, mein Herz rast, und das kommt nicht allein vom Rennen.

Dirk zeigt seelenruhig mit dem Daumen hinter sich in Richtung Stutenstall.

„Kleiner Tipp: Guck mal dort nach."

Ich verstehe nicht, aber egal. Wir haben keine Zeit für Erklärungen. Dirk nickt mir zu, reitet im Schritt an mir und Winston vorbei und trabt wieder an, als er uns hinter sich gelassen hat. Ich werfe ihm einen kurzen Blick nach. Man muss schon sehr viel Routine und Erfahrung haben, um so gelassen und guter Laune zu sein, wie er es ist. Ich höre, wie er wieder beginnt, vor sich hin zu pfeifen. Als würde er in die Ferien reiten, oder spazieren, oder was weiß ich wohin, aber nicht zum Jahresereignis des Gestütes Frederikenburg. Er überrascht mich immer wieder aufs Neue. Wie wenig ich ihn doch kenne und wie wenig ich doch von ihm weiß.

35

Jorafina steht vor dem Eingang zur Aufzucht und hätte sich am liebsten im Stroh versteckt, als ich mit Winston um die Ecke komme. Hanna ist schon im Stall, hat Cora und Indira aus den Boxen geholt und in der Gasse angebunden. Jetzt ist sie eifrig dabei, sie schnell noch einmal überzuputzen.

Winston stupst seine verstörte Freundin vorsichtig mit der Schnauze an, als ich die Tür zum Stall öffne, doch sie reagiert nur, indem sie ihren Kopf senkt. Als würde sie sich vor ihrem Kumpel dafür schämen, dass sie so ein Feigling war und weggelaufen ist. Winston schnauft einmal leicht, wendet sich dann aber zu mir und drückt mir mal wieder seinen Kopf in den Arm.

Ich streichle ihn zärtlich über die Ohren und er seufzt tief.

„Euren Auftritt hätten wir geschafft."

Winston schaut mich an. Ich bin erleichtert, wie gut es gelaufen ist und glücklich darüber, wie tief er mir vertraut.

Viel Zeit haben wir nicht, darum schiebe ich sanft seinen Kopf zur Seite, gehe zur Koppel und öffne die Pforte. Um Jorafina kümmere ich mich nicht weiter, die wird ohnehin von alleine ihrem Winston hinterher rennen. Und so ist es auch. Ich streife Winston das Halfter vom Kopf, als er an mir vorbei drängt und die zwei machen ihrer Anspannung auf der großen Weide Luft. Sie springen, hüpfen und tollen herum, als freuten sie sich, Feierabend zu haben.

Ich habe noch lange nicht Feierabend. Schnell eile ich in den Stall zu Hanna. Die steht schon mit beiden Stuten, fertig geschniegelt und gestriegelt, im Eingang und hält sie an Stricken:
„Du kommst gerade richtig. Los geht's!"
Sie gibt mir Indira in die Hand. Diesmal geht sie vor, ich hinterher. Die kleinen Fohlen sind außer sich vor Aufregung.
Als wir nach vielen explosionsartigen Hüpfkaskaden der Fohlen endlich am Festplatz ankommen, sind die Dressurer noch dabei, ihre Kür vorzuführen. Zwar weiß ich, dass die Pferde, nachdem sie von Dirk eingeritten und grundausgebildet wurden, weiter in die großen Ställe kommen, zu den 'Profis'; zu den 'richtig Guten', zu den Pferdewirtschaftsmeistern und solchen, die es mal werden; aber gesehen habe ich sie noch nie. Genau, wie der Anblick der Kutschen, ist mir dieser Anblick neu und ich bin nicht weniger beeindruckt:
Die Reiter sehen umwerfend aus in ihrer Turnierkleidung, mit glänzenden Stiefeln, weißen Reithosen und Handschuhen, schwarzen Jacketts und Zylindern. Und die Pferde schweben förmlich unter ihnen über den Platz. Die Bewegungen von Pferden und Reitern sind vollkommen ineinander verschmolzen und die Tiere sehen aus, als würden sie leicht und lässig über den Platz federn, durch die Seitengänge fliegen, die

Passage genießen und in Trabverstärkungen fast abheben. Ihre Körper sind stark und muskulös, ihre glänzenden Hälse tragen sie voller Würde und sehen dabei aus, als wären sie stolz darauf, sich vor so vielen Menschen präsentieren zu können. Dirk erzählte mir mal, dass das nicht selten auch der Fall ist.

Dann verstummt die Musik und die acht Reiter stehen wie auf Kommando in einer Reihe aufgefädelt, den Zuschauern zugewandt, vor der großen Tribüne, lassen eine Hand zur Seite fallen und senken ihre Köpfe zum Gruß.

Die Menge rast vor Begeisterung. Der losbrechende Applaus lässt die Pferde zusammenzucken, einige von ihnen machen vor lauter Schreck Seitensprünge oder ergreifen die Flucht nach vorn. Doch die Reiter reagieren nur mit einem Lächeln und gehen vollkommen routiniert und lässig auf die Fluchtversuche ihrer Pferde ein, als würde es sie nicht im geringsten stören.

Indira ist auch zusammengezuckt, blieb aber an meiner Seite stehen. Cora war ganz ruhig.

Als die Dressurreiter den Platz verlassen und an uns vorbeireiten, kann ich meine Blicke nicht von ihnen wenden und muss unweigerlich bewundernd zu ihnen aufsehen. Sie wirken fröhlich und fast so entspannt, wie Dirk. Das müssen echte Meister sein!

Der Ansager ruft unsere Namen, das heißt: Indira, Cora und die Fohlen. Wir sind dran. Ich bin überhaupt nicht lässig und cool, sondern mindestens so angespannt wie ein Flitzebogen kurz vor dem Abschuss.

„Indira, steh' mir bei!", flüstere ich, doch die tänzelt nur unruhig auf der Stelle herum. Sie ist eben nicht Winston. Für sie bin ich einfach nur irgendein Mensch ohne Namen, der zufällig mit ihr diese gefahrenreiche Situation durchlebt. Außerdem hat sie nicht Winstons Geschichte. Ihre Mutter hat sie großgezogen, so wie es normalerweise der Fall ist. Das bedeutet, dass sie zu

Menschen allgemein nicht so eine tiefe Verbindung hat, wie mein Engelchen, für den ich alles bin.

Hanna hat den Eingang erreicht und trabt mit Cora an, ich mit Indira hinterher. Im Vorbeilaufen erkenne ich noch die Warnow aus dem Augenwinkel, ihr Fotoapparat klickt, dann sind wir schon im Mittelpunkt aller Aufmerksamkeit und ich bin so aufgeregt, dass mir der Schweiß schlagartig aus allen Poren schießt.

Jetzt darf nur nichts schief gehen! Nicht wie bei Jorafina: *Ein* lautes Tröten, und die Pferde gehen durch! Ich bin so verkrampft, dass ich sicher bin, lächerlich und albern auszusehen, wie ich neben der großen Stute herstampfe.

Cora ist wie immer die Ruhe selbst. Hanniball dagegen die Sensation des Publikums. Der liefert die Show des Tages ab. Der rast quer über den Platz, weiter von seiner Mutter weg, als er es jemals in diesem Leben gewesen ist, schlägt seine bekannten Haken, buckelt, um dann plötzlich für Sekunden am Zaun zu stehen und die Nase in Richtung Zuschauer zu recken, die natürlich alle sofort versuchen, ihn zu streicheln. *Er* findet das toll!

Dann geschieht etwas, womit ich im Leben nicht gerechnet hätte. Während Hanna und ich, verkrampft wie wir sind, vor uns hintraben, rast Hanniball auf mich zu und rempelt seinen Kumpel Santos an. Den kleinen, stillen, zurückhaltenden Santos. Das allein ist ja nichts Besonderes; besonders ist nur, dass Santos - vollkommen untypisch für ihn - reagiert, den Rempler seines Kumpanen als Aufforderung versteht und kaum, dass ich mich versehe, mit Hanniball im Schlepptau die Show fortsetzt.

Als wir wieder am Eingang vorbei sind, pariert Hanna durch, gibt mir ein Zeichen und wir halten an. Sinnlos hier alleine mit den Stuten vor uns hinzutraben, für die interessiert sich im Augenblick sowieso kein Mensch.

Die Leute grölen, die Kinder schreien und einige lachen Tränen beim Anblick der beiden Minipferdchen. Die tollen umher und machen sich einen Spaß daraus, das Publikum hinterm Zaun zu necken, indem sie immer wieder vor ihnen stehen bleiben, ihre kleinen Öhrchen aufrichten und sie mit ihren Mäuseaugen frech bestaunen, obwohl *sie* ja eigentlich diejenigen sind, die bestaunt werden.

Dann flitzen sie wieder los, überschlagen sich fast in den Kurven, spielen Fangen, zwicken sich, springen wild und unkoordiniert umher und genießen ihren Auftritt, wie die Clowns in der Manege. Die Stimmung auf den Rängen ist kurz davor, sich zu überschlagen.

Hanna und ich stellen noch einmal die Stuten vor die Tribüne, damit auch sie gesehen werden, doch ob sie wirklich einer wahrnimmt, weiß ich nicht. Auf jeden Fall kommen die Kleinen zu uns zurück. Applaus bricht los, Michael lobt lauthals durchs Mikrofon die gelungene Präsentation. Hanna gibt mir ein Zeichen und wir gehen frohen Mutes zum Ausgang.

Als wir uns durch die Menge schlagen, werden die Kleinen immer wieder von allen Seiten angefasst und gestreichelt. Zwar ist ein ungefähr zwei Meter breiter Gang mit Flatterbändern abgesteckt, der vom Festplatz bis zur großen Allee führt, doch natürlich sind die zwei Minis noch lange nicht mit ihrer Rauferei am Ende und immer wieder bekommt ein Zuschauer sie zu fassen, was alle Beteiligten äußerst komisch zu finden scheinen.

Als wir auf der großen Allee angekommen sind und den Platz hinter uns gelassen haben, werden die Fohlen ruhiger.

„Wenn das mal kein gelungener Auftritt war", Hanna lacht und ist sichtlich erleichtert, dass diesmal alles so gut gelaufen ist. Besser, als wir es uns hätten wünschen können.

36

Vor lauter Hektik weiß ich schon gar nicht mehr, wie mir geschieht. Kaum sind wir im Stall angekommen, reißen wir die nächsten Fohlen aus dem Laufstall, putzen sie über, machen sie für ihren Auftritt fertig und sind auch schon wieder auf dem Weg. Dasselbe mit den Stuten, die noch ran müssen. Wir sind ohne Pause beschäftigt, und gerade, als wir die letzten Tiere zurück gebracht haben, kommt Marek hereingehastet:

„Wo bleibt ihr? Das Freispringen soll gleich losgehen. Kommt!"

Wir schmeißen alles hin, verriegeln die Boxen und rasen rüber in den Jungpferdeberitt. Dirk steht schon in der Halle und verknotet die letzten Absperrbänder miteinander. Die Gasse für die Pferde ist so gut wie hergerichtet. Die ersten Zuschauer sitzen auf der Tribüne. Ein wirres Stimmengemurmel ist zu hören, Kinder schreien, Handys piepen, Pausenbrote werden laut knisternd aus ihren Verpackungen gewickelt.

Dirk winkt uns zu. Wir verschwinden lautlos durch den Eingang und laufen hinten um die Halle herum. Dirk kommt gerade raus, als wir das Stalltor erreichen:

„Juna, Du hältst Dich am Eingang bereit. Nimm Dir schon mal die Longierpeitschen. Eine ist für Dich und die anderen zwei stellst Du griffbereit neben die Tür. Ich muss eine haben, wenn ich mit den Pferden rein komme, notfalls drückst Du sie mir in die Hand, verstanden?"

Wie immer nicke ich stumm, schau dabei Dirk an, der sofort weiterredet:

„Hanna, mach Du den ersten fertig. Marek, Du hilfst mir im Stall, aber wenn Not am Mann ist, brauchen wir Dich vielleicht auch in der Halle. Aber Du weißt ja Bescheid."

„Tausend Mal geübt, Chef", Marek hält sich beim Sprechen die Nase zu und hört sich äußerst komisch an. Ich kann mir mein Lachen nicht verkneifen. Auch Hanna grinst. Nicht mal jetzt verliert dieser Kerl seinen Sinn für Humor. Er ist vollkommen entspannt, und ich spüre beim Lachen, dass auch von mir ein großer Teil der Aufregung abfällt. Bei Marek und Dirk fühle ich mich gut aufgehoben.

Außerdem ist die Show bisher super gelaufen, wenn man von dem kleinen Malheur mit Jorafina einmal absieht. Sogar mit Largo und Fortuna ist alles gut gegangen. Die Pferde sind alle versorgt und jetzt muss ich nur noch in der Halle stehen und zusehen, dass die Tiere ihre Runden drehen.

Dimitrij erscheint in der Tür:

„Wollen wir anfangen?", fragt er in seiner gewohnt zuvorkommenden und charmanten Art. Sofort setzt sich alles in Bewegung. Die vier verschwinden im Stall und ich luge vorsichtig in die Halle. Die Tribüne ist jetzt fast voll. Hoffentlich gehen die Pferde da vorbei und scheuen nicht vor den vielen Menschen und den ganzen Geräuschen, die von ihnen ausgehen.

Die Longierpeitschen! Ich gucke mich um. Am Rand stehen sie nicht. Panik überfällt mich. So schnell ich kann, suche ich den Boden ab. Nichts. Stehen sie irgendwo? Ich schaue umher. Auch nichts. Mist! Ich rase in den Stall. Dirk kommt schon mit dem ersten Pferd auf mich zu. Was jetzt? Schweiß rinnt mir den Rücken herunter, und das nicht nur, weil es über 30 Grad draußen sind.

Gerade, als ich zum Sprechen ansetzen will, sehe ich, dass die drei Peitschen ordentlich an der Wand gelehnt neben der Stalltür stehen, wie es sich gehört. Bin ich erleichtert!

„Wolltest Du was fragen?", Dirk zieht die Augenbrauen hoch. Er hat natürlich genau gesehen, wie ratlos ich in der Tür stand.

„Schon erledigt", ich nehme die drei blöden Dinger und bringe mich in Position.

Lange stehe ich nicht am Eingang, denn das erste Pferd samt Dirk schießt schon an mir vorbei. Sharan. Der wundervolle, schwarze Hengst.

„Ohhh!", raunt es durchs Publikum, und „Ahhh!", als er mit erhobenem Haupt an den Zuschauern vorbeitrabt.

Dirk zwinkert mir zu. Er weiß natürlich genau, warum er ausgerechnet mit ihm angefangen hat. 'Der erste Eindruck zählt', sagt er immer, und damit hat er diesmal natürlich nicht gefehlt.

Dann legt er los. Dirk dirigiert Sharan das erste Mal über die Reihe, die noch ziemlich tief eingestellt ist. Ich stehe am anderen Ende der Halle und passe auf, dass der Hengst flüssig durch die Reihe läuft. Kein Problem. Sharan präsentiert sich, als würde er tagein, tagaus nichts anderes tun, als Freispringen.

Dirk und ich ziehen die Sprünge langsam höher. Mit jeder Runde gewinnt Sharan an Ausdruckskraft, bis die Stangen fast am Anschlag liegen und das Bild dieses Pferdes über den Sprüngen so wunderschön, so kraftvoll, so beeindruckend aussieht, dass Begeisterungsstürme im Publikum losbrechen. Dann ist der Hengst durch. Der erste Eindruck hat gesessen.

Als nächstes kommt Monti. Er stolpert in die Halle und ist sichtlich aufgeregt. Auch diesmal schafft Hanna es gerade noch, den Panikhaken vom Strick zu lösen und nicht hinter ihm hergeschliffen zu werden. Wir sind noch nicht einmal ganz damit fertig, die Stangen der Sprünge wieder in ihre Ausgangsposition zu bringen, da rast er in seiner Panik auch schon los und nimmt Kurs auf die Hindernisse. Blitzschnell schmeiße ich die oberste Stange des letzten Sprunges runter und husche unter der Absperrung hindurch in die Mitte der Halle. Monti prescht an mir vorbei. Die Zuschauer applaudieren und die Kinder glucksen vor Freude.

„Mami, der ist aber toll!", schreit ein kleines Mädchen, „der macht das ja alles von alleine!"

Und tatsächlich: Monti dreht ganz von selbst seine Runden. Leider jedoch vor lauter Aufregung und weil sein Instinkt, der immer und in jedem Moment auf Flucht eingestellt ist, ihn dazu zwingt, wegzulaufen. Er flieht, als Reaktion auf die ungewohnte Situation, als Reaktion auf seine eigene Angst. Aber die Leute im Publikum sehen nur, wie dieser schöne, junge, wohlproportionierte, hellgraue Hengst, ohne Einwirkung von außen, über die Sprünge geht.

Dirk, Hanna und ich ziehen nach jedem Durchgang von Monti, so schnell wir können, die Sprünge ein kleines Stück höher. Am Ende liegen die Stangen nicht ganz so hoch, wie bei Sharan, was nicht daran liegt, dass Monti nicht springen kann, sondern daran, dass er wesentlich jünger ist. Sein Springtalent ist unverkennbar und nicht zu übersehen. Vor allem seine Freude, über die Hindernisse zu gehen.

„Hooo, Monte Carlo, das reicht", Dirk will ihn anhalten, Monti interessiert das nicht im geringsten. Er dreht die nächste Runde. Das Publikum klatscht.

„Ganz ruhig, ist okay", sagt er laut mit seiner beruhigenden Stimme, doch Monti denkt nicht daran, aufzuhören. Er springt wieder in die Reihe ein. Das Publikum ist begeistert.

„Die glauben, das gehört zur Show", flüstert Hanna mir zu. Ich lächle sie an:

„So, wie die reagieren, scheint die Show ja gut zu sein!"

Dann, plötzlich und unerwartet, nach der vierten oder fünften Extrarunde unseres Kandidaten, pariert er seelenruhig durch zum Trab, dann zum Schritt und bleibt an der Tür stehen. Dimitrij steht vor ihm, fasst ihn am Halfter und klopft ihn am Hals. Hanna geht hin, befestigt den Strick an seinem Halfter und führt ihn raus, ohne Dimitrij weiter Beachtung zu schenken.

Wir stehen alle für ein paar Augenblicke dumm rum, bevor die nächste in die Halle kommt. Manja. Unsere gute, alte Manja. Zwar ist sie nicht alt, im herkömmlichen Sinn, doch für Dirks Jungpferdeberitt ist sie es. Normalerweise gehen die Pferde spätestens mit fünf rüber in den Hauptberitt. Aber Manja ist immer noch hier, obwohl sie schon fast sechs ist. Ihre damalige Verletzung durch den Weidezaun, indem sie festhing, hat ihre Grundausbildung etwas verzögert. Zurückgeblieben ist nichts. Heute ist sie wieder vollkommen lahmfrei und gesund.

Sie ist sehr brav, eine ganz Liebe, wird aber nie ein Überflieger werden oder große Preise gewinnen. Und gekauft hat sie bisher auch noch niemand. So steht sie hier, und wenn kein Wunder passiert, wird das auch so bleiben.

Ich mag Manja. Diese treuen Augen, ihre ruhige Art und diese ausgeglichene Ausstrahlung, die einem sofort Vertrauen vermittelt. Sie folgt unseren Anweisungen widerstandslos und artig, wie wir es von ihr gewohnt sind. Sie springt sauber, galoppiert flüssig und das alles mit Ruhe und ohne jeglichen Anflug von Hektik. Sogar die Zuschauer sind ruhig.

Sie absolviert brav ihre Sprünge, pariert durch, schnaubt einmal entspannt, als wir fertig sind, und Dimitrij führt sie wieder raus. Der Applaus ist verhalten.

Der Nachmittag vergeht, ohne weitere, besondere Vorkommnisse. Nach zwei Stunden sind wir mit dem Freispringen durch und das erste Mal an diesem Tag können wir uns setzen. Hanna und ich fallen erschöpft ins Stroh in unserer Kammer, da, wo uns niemand sieht. Die Tür haben wir hinter uns zugezogen und für eine Weile liegen wir beide einfach mit geschlossenen Augen wortlos da. Wenn es nach mir ginge, würden wir hier die nächsten drei Tage liegen bleiben.

Viel zu schnell richtet Hanna sich wieder auf:
„Los, füttern", sie klopft mir auf mein Bein als Zeichen, dass wir aufstehen müssen.
Ach ja, füttern. Die Pferde haben seit heute morgen nichts mehr gefressen. Die Vorstellung, aufzustehen, macht mich auf der Stelle noch müder, als ich ohnehin schon bin.
Die Tür öffnet sich und Bernd kommt herein:
„Ach hier seid Ihr", bemerkt er und setzt sich neben uns.
Hanna will gerade los, als er nur eine beschwichtigende Geste macht, die Ihr deutet, sitzen zu bleiben:
„Jefüttert hab ick schon, falls de dit meinst."
Hanna bleibt sitzen und legt sich zurück ins Stroh. Ich habe mich gar nicht erst aufgesetzt. Langsam nicken wir ein.

37

Ich werde von Bernds einsetzendem Schnarchen geweckt. Kaum schlage ich die Augen auf, sehe ich, dass auch Hanna aus ihrem Dimmer erwacht.
„Wie spät ist es?", flüstere ich ihr leise zu.
Sie schaut auf die Uhr:
„Gleich halb sieben. Wir haben zwanzig Minuten gedöst. Das ist erlaubt", sie lächelt mir verschlafen zu.
Sie drückt sich hoch. Ihre Haare sind voller Strohhalme.
„Wenn man nicht wüsste, dass Du kein Strohballen bist, könnte man Dich glatt verwechseln!"
Wir kichern leise.
„Guck *Dich* erst mal an; Du siehst auch nicht besser aus!"
Ich schüttle meinen Kopf und tausend Halme rieseln wie Schnee von mir herab.

„Hast Du Lust, die Springer anzugucken? Dirks Jungpferde müssten auch dran sein."

„Auf jeden Fall!"

Wir springen auf und gerade, als Hanna die Tür öffnen will, halten wir wie auf Kommando inne und werfen einen Blick auf den schnarchenden Bernd.

„Was ist mit ihm?", ich deute in seine Richtung.

Hanna kniet neben ihm nieder, rüttelt sanft an seiner Schulter. Er gibt ein paar Grunzlaute von sich.

„Bernd", ihre Stimme ist weich und sanft, wie bei einer Mutter, die ihr Kind wecken möchte, „Bernd, musst Du weiter oder sollen wir Dich später wecken?"

„Ick muss weiter, Kleene", er reibt sich übers Gesicht, „jeht ihr mal und kiekt euch de Springpferde an." Er winkt uns zu und lächelt wie ein Bär. Dann brummt er, als er sich aufrichtet.

Die Sonne scheint immer noch herrlich. Hanna und ich haben unsere Räder genommen und radeln jetzt ganz entspannt und friedlich vorne zum Platz. Am Jungpferdeberitt machen wir noch einmal Halt, als wir sehen, dass Marek auf uns zu kommt.

„Seid Ihr heute Abend da?"

„Klar!", Hannas Begeisterung ist nicht zu überhören.

„Was ist denn heute Abend?", ich schaue sie fragend an.

„Die große Abschlussgala mit dem Mächtigkeitsspringen."

„Bei Flutlicht und Musik", ergänzt Marek.

„Ach so?", wundere ich mich.

„Du kennst doch das Programm, oder etwa nicht? Hatten wir es nicht besprochen?" Marek klingt nett und lustig, als er das sagt, überhaupt nicht gemein oder fies.

„Schon", erkläre ich etwas unbeholfen, „aber irgendwie habe ich allen Programmpunkten, außer denen, die mich betreffen, keine weitere Beachtung geschenkt. Die muss ich irgendwie übergangen haben. Merkwürdig." Ich kratze mich am Kopf.

Die beiden lachen. Sie lachen mich mal wieder aus. Ich muss mitlachen. Manchmal finde ich mich selbst ganz schön komisch.

„Komm, lass' uns nach vorn radeln. Sonst verpassen wir Dirk noch."

Kaum spricht Hanna das aus, trabt Dirk auch schon auf den Hof. Er springt ab und drückt Marek sein Pferd in die Hand:

„Wo ist Manja?"

„Steht schon fertig in der Stallgasse", er zeigt auf den Eingang.

Dirk will gerade losrennen, als Dimitrij um die Ecke kommt, mit Manja an der Hand.

„Ah, gut. Ich muss mich beeilen. Gleich bin ich mit dem Nächsten dran." Er schwingt sich auf Manjas Rücken und reitet im Schritt an.

„Sie hat schon zehn Minuten Schritt", Dimitrij nickt freundlich und gibt Dirk damit zu verstehen, dass er gleich antraben und mit der Lösungsarbeit beginnen kann.

Er bedankt sich bei Dimitrij mit einer Kopfbewegung und reitet davon.

Am Platz ist noch immer die Hölle los. Wir haben vorsichtshalber unsere Räder bei Marek stehen lassen und sind das letzte Stück zu Fuß gegangen, was sich als eine gute Idee herausgestellt hat. Die Leute stehen so dicht, dass sie sich gegenseitig fast auf die Füße treten. Erstens hätten wir unsere Fahrräder gar nicht durch die Menge schieben können und zweitens keinen Platz gehabt, um sie abzustellen.

„Juna!", ruft es laut aus dem Gedränge.

Ich drehe mich um, sehe aber nur fremde Gesichter. Doch die Stimme kommt mir bekannt vor. Wenn es etwas gibt, dass sich in mein Gedächtnis einprägt, dann sind es Stimmen. Es hat sich wie Maria angehört, da bin ich mir ziemlich sicher. Auch wenn es schon lange her ist, dass ich sie gehört habe.

Und tatsächlich. Kaum bin ich am Ende meines Gedankenganges angelangt, steht sie vor mir. Hinter ihr sehe ich einige der anderen Heimkinder. Alle drängeln sich zu mir heran, doch auf die Schnelle nehme ich sie im Einzelnen kaum wahr. Nur Maria ist unverkennbar und präsent.

Für einen kurzen Moment stehen wir uns gegenüber, meine ehemalige Heimleiterin und ich. Sie hat sich nicht verändert. Sie hat immer noch dieselbe stämmige Statur, die nie aufdringlich oder mächtig wirkt, sondern immer vertrauenerweckend und beschützend. Ihre Gesichtszüge tragen dieselben, weichen Zeichnungen wie damals; und ihre Stimme ist unverändert. Sie breitet die Arme aus und legt sie um mich. Im Nu fühle ich mich auf die Treppe unseres Heimes zurückversetzt, zu dem Moment, als wir voneinander Abschied nahmen. Es fühlt sich genau so an, wie an diesem Tag. Nichts hat sich verändert. Alles ist so, wie es immer war.

Die Umarmung löst sich und nichts ist, wie es immer war. Ich bin zwar derselbe Mensch, doch irgendwie bin ich es auch nicht. Ich bin an einem anderen Ort, in einer anderen Zeit und habe eine andere Zukunft vor mir, eine neue, eine, die ich langsam verstehen lerne.

Sie strahlt mich an und stellt mir die Standardfrage jedes erwachsenen Menschen dieses Planeten: „Wie geht es Dir?"

Hinter der Absperrung reitet Dirk mit Manja an mir vorbei. Ich zeige zu ihnen:

„Das ist Manja. Die bin ich auch schon geritten."

Ihre Reaktion verschwindet in meinem Augenwinkel, denn jetzt ist mir Dirks Auftritt wichtiger, als alle Heimleiterinnen dieser Welt.

Michael stellt das Pferd vor und betet Abstammung und Ausbildungsstand, wie bei jedem anderen Tier, laut durchs Mikrofon herunter. Seine Stimme schrillt in den Lautsprechern.

Auf dem Platz ist ein kleiner Parcours mit fünf Sprüngen aufgebaut. Sie stehen weit auseinander und sind so gestellt, dass man von jedem Winkel der Zuschauerränge die Pferde von allen Seiten betrachten kann, wenn sie über die Hindernisse gehen.

Für Manja liegen sie auf halber Höhe. Dirk galoppiert an, sitzt kurz aus, geht dann in den leichten Sitz und reitet das erste Hindernis an. Mit was für einer Leichtigkeit er Manja unter sich dirigiert!

Der erste Sprung: Flüssig. Eine schöne Fluglinie, Dirk in geschmeidigem Sitz, absolut verschmolzen mit der Bewegung des Pferdes. Das schönste, was ich bisher gesehen habe.

Der Zweite, der Dritte. Genauso graziös und problemlos. Und dann ist er fertig, viel zu schnell, für meinen Geschmack. Am liebsten würde ich hier stundenlang stehen und den beiden zusehen. Ich habe Dirk noch nie springen sehen. Ich wusste zwar, dass er gut reitet, aber ich wusste nicht, dass er perfekt ist.

Die Menge applaudiert. Michael spricht irgendetwas ins Mikro. Dirk pariert durch zum Trab, dann zum Schritt und verlässt fröhlich pfeifend den Platz. Als er an mir vorbeireitet, kann ich nur staunen. Er sieht mich unter all den Zuschauern nicht, wie ich hier am Rande der Absperrung neben Maria und den anderen Heimkindern stehe. Er kennt keinen von ihnen. Woher auch? Maria klatscht begeistert. Die Zwillinge streiten sich. Angela macht ein vergrämtes Gesicht. Sophie wird von dem vernünftigen Robert auf dem Arm gehalten, damit sie auch etwas sehen kann, und freut sich. René und Peer sind stiften gegangen. Es ist alles beim Alten.

38

Auf wundersame Weise finden wir uns zur großen Abschlussgala alle wieder: Hanna sitzt neben mir auf einem der besten Plätze der Tribüne, die wir uns nach viel Gedränge ergattert haben. Marek hat uns gefunden und Dirk, der sich jetzt erschöpft zurücklehnt und die Show genießt.

Die Heimkinder sind kurz nach unserem Treffen gegangen. Außer mit Maria, habe ich mit keinem ein Wort gewechselt. Nicht, weil ich arrogant bin oder mich mittlerweile als was Besseres fühle, sondern weil es sich schlicht und ergreifend nicht ergeben hat und ich mal wieder nicht wusste, was ich hätte sagen sollen.

„Hier bist Du also!", jemand klopft mir von hinten auf die Schulter. Ich fahre herum. René! Und Peer dazu!

„Ihr seid noch hier?", frage ich erstaunt, was natürlich bescheuert ist, denn die zwei stehen ja vor mir.

Natürlich fange ich mir mit so einer blöden Frage die entsprechende Antwort ein:

„Nein, wir liegen schon brav im Bett. Was Du hier siehst ist nur eine Fata Morgana."

Hanna, Dirk und Marek lachen sich halb schlapp.

„Ach so", stottere ich etwas unbeholfen. Ich freue mich riesig, sie zu sehen, stehe auf und drücke einen nach dem anderen fest an mich. Sie erwidern meine Umarmung mit aller Selbstverständlichkeit, obwohl wir das noch nie gemacht haben.

„Kommt, setzt Euch!", Marek ist aufgestanden und zeigt auf die Bank. Zwar sitzen wir schon zusammengedrängelt wie die Sardinen in der Dose, aber für Peer und René ist trotzdem irgendwie Platz.

„Mal wieder ausgebüchst?", versuche ich eine Unterhaltung in Gang zu setzen.

„Nun ja", René lehnt sich zu mir vor, „wir haben noch mit denen da gequatscht", er steht auf, sucht kurz und zeigt dann nach unten in die Menge. Ich folge seinem Finger, kann aber niemanden erkennen.

„Mit wem?", ich kneife meine Augen zusammen, aber in dem ganzen Gedränge weiß ich nicht, wen er meint.

Peer steht auf, fasst mich von hinten um die Schulter, lehnt seinen Arm an meinem Kopf vorbei, so, dass ich direkt seinem Finger folgen kann:

„Da", flüstert er.

„Draeger und Gratzki! Sind die wegen Euch hier?"

Sie zucken mit den Schultern:

„Und dann waren die anderen weg, als wir sie gesucht haben", erklärt René.

„Und so sind wir einfach geblieben", grinst Peer, „und haben stattdessen Dich gesucht."

„Wir waren sogar schon im Stutenstall."

„Und was ist die Story mit der Polizei?"

Sie erzählen mir ganz aufgeregt, dass sie die Pferdediebe gesucht und tatsächlich, mehr durch Zufall, als durch strategische Überlegungen, gefunden haben; dass René vielleicht, mit ein bisschen Glück, auf die Schule von Peer kommt, dass er später Kriminalkommissar werden will und dass das Gratzkis Idee war. Er sprudelt förmlich vor Zukunftsvisionen.

Peer ist vom Polizeieinsatz ebenfalls begeistert, wenn auch etwas verhaltener. Er hält sich zurück, spricht nicht über seine Zukunft, sondern eher über Belanglosigkeiten, mit denen er versucht, seine wahren Gefühle zu verbergen und zu viel Nähe zu vermeiden.

Im Heim scheint alles wie immer, alle sind noch da und seitdem ich weg bin, gab es keine bahnbrechenden Veränderungen. Eine Heizung wurde nie eingebaut, dafür aber die bestehende Anlage rundum saniert. Die Zimmer sind nachts immer noch etwas kalt, im Speisesaal zieht es, wenn der Wind weht und in der

Eingangshalle schält sich fast unmerklich die Farbe von der Decke, doch es ist nicht dramatisch.

Die Show ist in vollem Gange. Das Publikum wird mit jedem Paar, das einreitet, euphorischer, bis es so laut ist, dass wir uns fast schon anschreien müssen, um uns zu verstehen. Marek und Dirk klatschen begeistert und stehen ab und zu auf, um zu pfeifen. Hanna stößt mich an und deutet auf den Platz. René, Peer und ich stellen unsere Anschreierei ein und widmen uns ganz dem Geschehen.

Ich habe noch nie Pferde so hoch springen sehen. Vor uns läuft ein Springwettkampf, der zwar nur Show ist, aber nach allen Regeln der großen Turniere abgehalten wird, was bedeutet: Es geht um Höhe, Fehler und Zeit.

Der Parcours besteht jetzt aus 12 Sprüngen und der ganze Platz ist ausfüllt. Jeder Reiter versucht, den vorherigen zu übertrumpfen, indem er noch schneller durch den Parcours reitet, als der da vor; indem er die Wendungen noch enger nimmt, die Strecken zwischen den Hindernissen erneut versucht, abzukürzen, um am Ende sein Tier so schnell es irgend geht im Jagdgalopp über die Ziellinie zu steuern.

Auf einer großen Anzeigetafel stehen nicht - wie bei einem echten Turnier - der Namen des Pferdes, des Reiters und dessen Nationalität, sondern lediglich Name und Abstammung des jeweiligen Tieres. Die Bereiter bekommen von ihren Pflegern die Pferde in die Hand gedrückt und müssen zu fünft alle Tiere vorstellen und das gesamte Turnier bestreiten. Den Zuschauern ist das egal und ich bin mir sicher, dass es vielen nicht einmal auffällt, dass es immer wieder die selben Leute sind, die da an ihnen vorbei preschen.

Die Stimmung heizt sich mehr und mehr auf und nach einer Weile des Zusehens und des Mitklatschens begreife ich, dass die Leute immer dann pfeifen, wenn sie dem Reiter signalisieren wollen, dass er schneller reiten muss, wenn er in der vorgegebenen Zeit bleiben will. Es ist so etwas wie ein geheimes Zeichen der Springreiter, dass alle kennen und deuten können, das offiziell jedoch nicht als 'Einwirkung von Außen' von den Richtern geahndet werden kann, denn 'Pfeifen kann ja jeder'.

Dirk, Hanna und Marek haben also genau die Anzeigetafel im Blick, beobachten die Zeit, die ab dem Moment mitläuft, indem ein Pferd die Startlinie überquert, und geben dann das geheime Zeichen, wenn sich der Reiter den letzten Sprüngen und der Ziellinie nähert und schneller werden muss, wenn er die Bestzeit toppen will. Peer und René haben das ganze Spiel im selben Augenblick wie ich durchschaut und fallen sofort ins Pfeifkonzert mit ein. Es ist spektakulär!

Der Abend ist mild und die einsetzende Kühle ist eine willkommene Erfrischung nach dem heißen Tag und der brennenden Sonne.

Nach der Show sind wir die letzten, die von der Tribüne herabsteigen. Gratzki und Draeger stehen zusammen mit den Barnstedts an einem Stand, lassen den Abend bei einem Glas Sekt ausklingen und prosten uns zu, als wir vorbei gehen.

Die ersten Stände haben schon geschlossen, die Lichter der anderen werden nach und nach gelöscht und langsam legt sich die vertraute Dunkelheit über das Gestüt.

Der Tag war ein phänomenaler Erfolg. Müde und glücklich schlendern wir zu unseren Ställen, und als wir die große Allee erreichen und in den Himmel schauen, scheinen die Sterne zum Greifen nahe.

39

Ich merke, wie gerädert ich bin. Das morgendliche Füttern fällt mir schwerer als sonst. Ich habe Muskelkater und meine Beine schmerzen vom vielen Laufen und Rennen. Sogar meine Fohlen toben nicht so ausgelassen wie sonst. Die allgemeine Aufregung, die über dem Gestüt lag, hat uns alle ermüdet.

Winston kann heute nicht aufhören zu kuscheln. Er folgt mir auf dem Fuße durch den Laufstall während ich miste, obwohl das Tor schon lange offen steht und die anderen längst auf der Weide sind. Er guckt mir zu, beißt in den Stiel meiner Forke, pustet mir ins Haar und ins Gesicht, drückt sich an mich und muss permanent ganz nah bei mir sein. Da ich ohnehin erschöpft bin und es heute relativ egal ist, wie lange die Stallarbeit dauert, unterbreche ich andauernd und wir stehen einfach dicht aneinander gekuschelt da. Ich genieße seine Gegenwart. Endlich mal wieder Zeit für uns!

Ich spüre, wie sehr ich die gemeinsamen, innigen Momente mit ihm vermisst hab, über die lange Zeit der Vorbereitung und des Stresses hinweg, und je mehr dieses Gefühl zu mir vordringt, umso fester schließe ich meine Arme um ihn. Er spürt das natürlich ganz genau. Nicht nur, dass sich der Druck meiner Umarmung verändert, sondern auch, dass ich ihn brauche; dass ich ihn vermisse; dass ich ihn aus tiefstem Herzen liebe.

Ein ganz leises, vorsichtiges Raunen ertönt in der Tür. Jorafina ist gekommen und lugt, schüchtern wie sie ist, von der Weide aus in den Laufstall. Ich erwidere ihren Blick. Sie steht regungslos da, ist so still, dass es fast so scheint, als würde sie den Atem anhalten, nur um keinen Laut von sich zu geben und uns nicht zu stören.

Erst nach einer Weile dreht auch Winston sich um und erblickt seine Freundin, die nach ihm sucht. Dann schaut er wieder zu mir, als müsste er sich erst meine Einwilligung holen, um zu ihr gehen zu dürfen, so, als würde es ihm das Herz brechen, mich einfach stehen zu lassen.

Ich lächle ihn an und streiche ihm über die Nüstern:

„Geh ruhig", flüstere ich.

Er schnaubt leise, reibt noch einmal seinen Kopf an mir, geht zu Jorafina und bis ich fertig bin, stehen die beiden nebeneinander am Tor und schauen mir zu.

„Juna, Juna!", Mareks Geschrei trifft mich wie ein Schlag auf den Kopf, als ich aus der Aufzucht komme und rüber zum Stutenstall gehe. „Guck mal hier!"

Er hält mir die regionale Tageszeitung unter die Nase. Auf dem Titelblatt ist ein großer Artikel:

Große Verkaufsshow auf dem Gestüt Frederikenburg und darunter *Die Veranstalter boten eine spektakuläre Show* und der Artikel beginnt mit den Worten: *Nach dem Ansturm hunderter begeisterter Pferdefreunde wird der Erfolg nicht lange auf sich warten lassen ...*

Doch was viel aufregender ist: Das Titelbild zeigt mich und Winston. Wir posieren gerade vor dem Publikum. Winston reckt den Kopf hoch und sieht so fantastisch aus, dass sogar mir nur ein „Wow!" entfährt, obwohl ich meinen Schatz natürlich genau kenne und ich ihn tausend und ein Mal gesehen und betrachtet hab. Trotz des Schwarz-Weiß-Bildes und dem schäbigen Zeitungspapier, dass immer irgendwie den Charakter von Recycling-Toilettenpapier hat, kann man sehen, dass sein Fell in der Sonne glänzt. Seine Statur ist mittlerweile kräftig geworden und man kann klar erkennen, dass er mal ein bildschöner Hengst werden wird.

Mareks Stimme reißt mich aus meinem Erstaunen:

„Also wenn *der* nicht verkauft wird, dann weiß ich auch nichts mehr."

„Verkauft?", ich hebe in Zeitlupe meinen Kopf und starre ihn entsetzt an.

Seinem Blick ist zu entnehmen, dass er meine Verwunderung nicht einordnen kann:

„Ja, natürlich, *verkauft*. Was dachtest Du denn, wozu wir diesen ganzen Zirkus hier veranstaltet haben? Es war eine Verkaufsshow, Schätzchen, und der Sinn einer Verkaufsshow ist der Verkauf!"

Ich blicke mich um. Erst jetzt bemerke ich, dass der Hof voller Leute ist. Zuschauer von gestern, Kunden von heute, die nicht nur die Stuten und ihre Kleinen betrachten, sondern auch meine Jährlinge, meine Engel, meine über alles geliebten Schätze.

Winston steht natürlich ganz vorne am Zaun, er findet ja immer so ziemlich alles, was passiert, interessant und aufregend genug, um dabei sein zu müssen. Einige Leute halten die Tageszeitung in der Hand. Eine Frau sagt zu ihrem Begleiter:

„Guck mal, da ist der Schöne aus der Zeitung."

Ich wende mich ab. Ich will nicht hören und nicht sehen, was hier geschieht.

All die langen Wochen der Vorbereitung waren für mich aufregend, das Herrichten der Anlage und Stallungen ein Jahrhundertereignis, das Putzen und die Pflege der Pferde viel Freude und Spaß. Doch jetzt, wo all die Leute auf dem Hof stehen und meine Fohlen wie Ware begutachten, begreife ich, dass diese Show eben nicht nur Spaß und Abenteuer war, sondern im Zweifelsfall auch Abschied bedeutet. Abschied von meinen Schützlingen, die ich in geduldigem Beobachten versucht habe, zu verstehen, sie kennen zu lernen, das zauberhafte Geheimnis ihres Charakters zu entschlüsseln und auf sie einzugehen. Diese Erkenntnis versetzt meinem Herzen einen tiefen und schmerzhaften Stich.

Ich finde mich plötzlich inmitten dieser kalten Welt des Verkaufes, des Profits und des Umsatzes wieder, die mir bisher so fremd war und nichts mit meinem kleinen, persönlichen Leben zu tun zu haben schien. Es war die Welt der anderen und ich lebte bis jetzt in der Illusion, dass sie es auch immer sein wird. Doch nun werde ich in sie hineingesogen, ich bin in ihr, ohne jemals entschieden zu haben, zu ihr gehören zu wollen; stehe herausgerissen aus der Unberührtheit meiner heilen Welt und der Vollkommenheit warmer Sommerluft, die schlagartig stickig scheint und trocken.

Ich greife mir mit meiner Hand in den Ausschnitt meines T-Shirts und will ihn lockern, doch er sitzt mir gar nicht eng am Hals, sondern es kommt mir nur so vor. Mir wird für einen kurzen Moment schwarz vor Augen. Ich taumle, greife zur Stallwand, spüre den kalten Backstein unter meinen Fingern, halte mich fest und versuche, das beklemmende Gefühl, das mir die Luft abschnürt, von mir zu weisen.

„Juna, alles okay?"

Eine Hand legt sich auf meine Schulter. Ich blicke auf und sehe Hanna, etwas verschwommen zwar, aber ihre besorgte Stimme und ihre zärtliche Berührung sind unverkennbar. „Ist Dir schlecht?"

Und ob mir schlecht ist! Ich lasse mich auf den Boden gleiten und merke, wie einige Leute zu mir rüberblicken. *Was, wenn sie Winston kaufen?* Ein Schrecken durchfährt meine Glieder und der Schleier, der gerade noch über meinem Bewusstsein gelegen hat, ist wie weggezogen.

Ich habe nicht nur Freude an den Vorbereitungen der Show gehabt, nein, ich habe sogar aktiv daran Teil genommen, die Grundlage dafür zu schaffen, meine Fohlen zu verlieren; Winston zu verlieren! Um Gottes willen, *was habe ich getan?*

Die Menschen um mich herum scheinen alle durcheinander zu reden, doch ich verstehe ihre Worte nicht. Die ganze Situation kommt mir auf einmal so wirr vor, unbegreiflich. Ich drücke mich hoch, stehe an die Mauer gelehnt, die Hände hinter mir an die Wand gedrückt und versuche, zu verstehen. Ich merke, wie mir Schweiß den Rücken hinunterrinnt. Angst steigt in mir auf. Ich kann es nicht mehr leugnen: Ich bin ein Teil dieser kalten, leblosen Welt, in der Gewinnen gleichzusetzen ist mit finanziellem Profit und in der Erfolg in Geld gemessen wird; selbst dann, wenn es in Wirklichkeit Abschied bedeutet und den Verlust von Unwiederbringlichem. Ich gehöre dazu, ob ich will oder nicht.

40

Bisher war der schlimmste Tag meines Lebens der Tag, an dem ich ins Heim kam. Davor war es der Tag, an dem ich in der Schule erfuhr, dass man meinen Vater tot im Wohnzimmer fand und davor war es der Tag, an dem ich mich von meiner Mutter verabschiedete, die mich noch einmal sehen wollte, weiß, zerfallen und ohne Haare, bevor sie starb. Doch all das verschwindet in den Tiefen der Vergangenheit und wird jetzt abgelöst von dem Schrecken dieses einen Gedankens: *Was ist, wenn sie meinen einen Schatz mitnehmen, meinen Seelenpartner, meinen Stern, ohne den mein Leben in die bekannte und gefürchtete Dunkelheit zurückfallen würde? Was, wenn dieser Eine mir weggenommen wird? Was, wenn ich heute verliere, woran meine ganze, kleine Welt hängt? Das mir Mut gibt, meine Gedanken erhellt und mir vom*

ersten Augenblick an die Hoffnungen gab, dass das
Leben vielleicht doch wieder schön werden kann?

Ich taumle durch den Stall, weiß nicht, wie spät es ist,
spüre nicht, wie schnell oder langsam die Zeit vergeht.
Alles, was gewesen ist, bricht aus der Tiefe meiner
Gedanken auf und drängt an die Oberfläche. Tausend
Bilder blitzen auf, um gleich wieder zu verschwinden
und das erste Mal seit langem sehne ich mich nach den
warmen und beschützenden Armen meiner Mutter, in
die zu flüchten einst so leicht war.
Ich laufe die Allee lang. Alles ist mir egal: Die Menschen,
der Trubel, die Stände, ja sogar die Sonne und die weiten
Felder der Uckermark, die ich so geliebt habe und die
mir so viele Male Trost und Kraft spendeten. Meine Beine
tragen mich und ich folge ihnen, ohne Widerstand zu
leisten, lande schließlich bei Frieda in der Küche, der ich
nichts erklären muss, sondern die wortlos ihre Arme
ausbreitet und mich einfach nur festhält, als meine
Tränen wie ein reißender Strom den Damm meiner
letzten Kraft durchbrechen und ich mich weinend ihrem
starken Halt hingebe, der in letzter Sekunde meine
Rettung ist.

41

Ich habe den ganzen Tag bei Frieda verbracht. Es ging
nicht anders. Die Zeit ist einfach verflogen und jetzt ist es
später Nachmittag und der Tag neigt sich dem Ende zu.
Die letzten Stände werden abgebaut und langsam kehrt
wieder Ruhe ein. Es sind nur noch vereinzelt Leute

unterwegs. Auf dem Rückweg, auf der großen Allee, gehen mir permanent Friedas Worte durch den Kopf: „Aber darum geht es hier: Wir leben vom Verkauf. Nicht nur nach solch einer Show. Das ist die Grundlage unserer Existenz. Die Tiere werden geboren, aufgezogen, ausgebildet und bringen entweder Preisgelder bei Turnieren oder eben den Erlös aus dem Verkauf. Aus Stuten werden Fohlen gezogen, möglichst dann, wenn sie selbst schon erfolgreich im Sport gegangen sind. Die guten Hengste bringen Geld durch die Decktaxe, doch die meisten werden früher oder später verkauft. So ist das nun mal. Das ist die Grundlage unseres Lebens. Darum sind wir alle hier und können existieren. Nur aus diesem Grund können die Barnstedts ihre Angestellten bezahlen und dieses Gestüt am Leben erhalten.

Es ist die große Welt der Pferde, mein Schatz, in der es vor allem ein Gesetz gibt: Hänge Dein Herz nicht zu fest an ein bestimmtes Tier. Es ist natürlich richtig, dass Du Pferde liebst und die Tiere gern hast. Das ist die Voraussetzung für diese Art von Arbeit. Sollte sie zumindest sein. Aber Du musst sie alle lieben, und keinen im speziellen, verstehst Du? Du musst Deine Arbeit lieben, die Art Deiner Tätigkeit, nicht das einzelne Tier. Du kannst Dein Leben hier lieben, den Geruch der Ställe, die Stille am Abend, aber nicht in Liebe an ein bestimmtes Wesen zergehen. Das bringt in einer Welt wie der unseren, der Pferdewelt, in der das Reiten zum Beruf geworden ist, meist großen Schmerz und viele Tränen mit sich."

„Meinst Du, Winston wird verkauft?", habe ich sie unter Tränen gefragt. Und sie lächelte mich an, ohne zu antworten.

Ich konnte den Gedanken nicht ertragen, mit ansehen zu müssen, wie mein Liebling fortgeholt wird. Oder noch schlimmer: Wie vor meinen Augen das Verkaufsgespräch geführt wird und sich irgendjemand anderes neben mir in ihn verliebt und ihn haben will.

Mit weichen Knien betrete ich den Stall.

„Du solltest Deinem Winston mal bessere Manieren beibringen!", zischt Sylvia mich an, als sie aus dem Stall kommt, sich in ihren Jeep setzt und davon fährt.

„Bessere Manieren? Bessere Manieren als Winston kann ein Pferd gar nicht haben!", rufe ich ihr hinterher, doch ich glaube, sie hört mich nicht.

Hanna sieht mich und schüttelt mit dem Kopf:

„Was hast Du denn mit *dem* gemacht?"

Keine Ahnung, wovon sie spricht:

„Was ist denn passiert?"

Hanna fragt nicht, wo ich gewesen bin. Sie liest aus meinem Gesicht, dass es besser war, dass ich nicht hier gewesen bin, denn ich sehe furchtbar verquollen und verheult aus.

„Winston hat jeden Interessenten weggebissen. Der wollte sich gar nicht anfassen lassen. Seine Ohren waren bis auf Anschlag angelegt und am Schluss hat er sogar angefangen zu schlagen. Alle Interessenten sind abgesprungen. Den wollte keiner haben."

„WIRKLICH!", ich versuche, entsetzt zu klingen, doch meine Begeisterung gewinnt die Oberhand und schlägt durch. Sie ist unmöglich zu überhören.

Ich renne zu ihm. Da steht er, mitten auf der Weide, spitzt keck die Ohren, als er mich sieht und kommt sofort angelaufen. Er stupst mich an und quiekt einmal vor Freude. Ich klopfe ihn. Dann versinkt er in meinen Armen. Ich kann mein Glück kaum fassen! *Winston, Du hast uns gerettet!*

42

Meine Erleichterung hält nicht lange an. Sie ist schlagartig gedämpft, als ich bei Dirk auf den Hof fahre. Die Laderampe eines Hängers wird gerade geschlossen. Er gehört nicht zum Gestüt Barnstedt, das erkenne ich sofort. Auch den Mann, der neben Marek die schwere Verladeklappe hochhievt, habe ich noch nie gesehen.

„Gut", der Mann verabschiedet sich bei Dirk und Marek mit einem kräftigen Handschlag, „dann hätten wir's. Ich danke euch schön."

Beide nicken nacheinander dem fremden Mann zu. Dann gibt er einem jungen Mädchen, das ungefähr so alt und mindestens genauso unauffällig ist wie ich, ein Zeichen und beide steigen ins Auto.

Erst jetzt gleitet mein Blick zu der halb offenen Rückseite des Hängers. Ein hellgraues Pferd reckt seinen Kopf nach hinten und wiehert. Monti!

„Nein!", flüstere ich erschrocken, doch so, dass mich keiner hört.

Der Fahrer wendet und ich sehe, wie Monti etwas verstört durch das kleine Sichtfenster guckt, das vorne in die Plane eingenäht ist. Er sieht mich und als sich unsere Blicke treffen, wiehert er erneut. Mir schießen Tränen in die Augen.

Das Gespann poltert an mir vorbei, biegt in die große Allee ein, fährt Richtung Norden, Richtung Hauptausgang, und verschwindet innerhalb weniger Augenblicke aus meinem Sichtfeld.

Marek klopft Dirk auf die Schulter, als würde er signalisieren: „Gut gemacht! Gelungenes Geschäft."

Ich drücke den Kloß, der mir im Hals sitzt, mit aller Kraft herunter. Sie sollen nicht sehen, dass ich getroffen bin.

Friedas Worte hallen noch immer in meinem Kopf:

'Hänge Dein Herz nicht zu fest an ein bestimmtes Tier. Wir leben vom Verkauf. Das ist die Grundlage unserer Existenz.'
Dirk und Marek gucken zu mir rüber. Ich nicke ihnen zu und sie nicken bestätigend zurück. Dann drehe ich mich um und verlasse den Hof.

43

Es ist schon spät, als Hanna um die Ecke kommt und sich zu mir auf die hölzerne Bank hinter dem Stutenstall setzt, von der aus man so einen wundervollen Blick über die Weiden hat, ganz vorne natürlich die meiner Kleinen.
Drei von meinen sieben Schützlingen sind verkauft worden. Winston ist nicht unter ihnen. Auch Jorafina bleibt hier, obwohl sich angeblich viele in sie verguckt haben, doch gekauft hat sie niemand.
Zwei sind gleich mitgenommen worden, den Dritten holen sie im Laufe der Woche. Die Stuten sind alle noch da, doch an Hanniball und dem eigentlich so schüchternen Santos, der gestern wider erwarteter Weise überhaupt nicht schüchtern war, ist Interesse angemeldet worden. Besiegelt sind die Verkäufe jedoch noch nicht.
Aus den anderen Ställen sollen etliche weggegangen sein. Wie viele genau, weiß ich allerdings nicht. Nur eines weiß ich: Für die Barnstedts war der Tag ein großer Erfolg.

Ich, auf der anderen Seite, habe etwas verloren. Die Stille, die über den Wiesen liegt, mag mich nicht mehr so recht erfüllen. Die laue Sommerluft ist nicht mehr in der Lage, mich selig zu stimmen, denn ich bin gefallen. Ich bin aus meiner heilen, unschuldigen Welt auf den harten Boden der Realität gefallen, der mich schmerzt und mir Angst macht.

Es wird schon dunkel, als ich die Kraft finde, aus mir heraus zu kommen und Hanna anzusprechen. Sie hat bis jetzt stumm neben mir gesessen, mich in meinen Gedanken gewähren lassen und gewartet:

„Und alles, was ich mir je gewünscht habe, war Sicherheit. Ich will doch nur endlich wissen, dass ich sicher hier bleiben kann und dass alles so bleiben wird, wie es ist."

Hanna lächelt mir verständnisvoll zu.

„Du lächelst", sage ich, „Du weißt ja auch, dass Du hier bleiben wirst und für Dich alles sicher ist. Und Deine Stuten sind auch nicht verkauft worden. Aber was ist mit mir?"

Sie legt mir ihre Hand auf die Schulter und streicht mir durchs Haar:

„Nein Juna, das stimmt nicht. Niemand von uns ist hier sicher. Auch die Stuten können jederzeit verkauft und abgeholt werden. Wir alle müssen irgendwie funktionieren und unseren Beitrag leisten. Wir müssen unsere Arbeit erledigen und zuverlässig sein. Die Barnstedts ermöglichen uns hier zu leben und bezahlen unsere Arbeit, weil sie damit zufrieden sind und sich auf uns verlassen können. Wenn das einmal nicht mehr der Fall ist, dann müssen auch wir gehen. Das betrifft nicht nur Dich, verstehst Du?" Ich schaue sie an. während sie spricht.

„Das betrifft uns alle. Alle im selben Maße. Und es geht sogar noch weiter: Wenn die Barnstedts selber ihre Arbeit nicht mehr machen, das Gestüt nicht mehr verwalten, nichts mehr organisieren, keine Buchführung mehr machen, kein Futter mehr bestellen und sich hängen lassen, dann werden sogar *sie* dieses Gestüt verlassen müssen. Dann müssen alle gehen!" Sie setzt sich auf.

„Es bist nicht nur Du, die keine Sicherheit hat und deren Leben irgendwie von ihren Leistungen abhängt. Das sind wir alle. Und ich behaupte sogar, das betrifft so ziemlich jeden Menschen, egal in welcher Branche.

Wenn man sich hängen lässt und nichts mehr tut, wird es schwer, zu überleben, einen Job zu finden und dafür bezahlt zu werden. Sicherheit, wie Du sie suchst, gibt es nicht. Für niemanden."

Lange sitzen wir da und schweigen. Die Sonne ist längst untergegangen, doch noch immer liegt ein Schleier hellen Lichtes in der Dämmerung am Horinzont.

„Wir sitzen alle in einem Boot", unterbricht sie die Stille.

„Die Sicherheit, von der Du sprichst, besteht darin, dass wir alle gemeinsam dieses Gestüt am Leben erhalten. Und Du mit der Fohlenaufzucht bist ein Glied in dieser Kette. Und zwar ein sehr wichtiges", sie lächelt mich wieder an. Auch mir huscht ein Lächeln übers Gesicht.

„Du legst den Grundstein dafür, dass die Pferde umgänglich sind – wenn man jetzt mal von Winston absieht."

Ich muss grinsen.

„Was hast Du eigentlich mit *dem* gemacht?"

Ich zucke mit den Schultern:

„Bei mir hat er noch nie etwas Derartiges getan. Er hat noch nicht mal ansatzweise die Ohren angelegt, vergiss, dass er jemals gebissen oder getreten hat."

Hanna guckt mich ungläubig an. Wie ich sehe, traut sie mir nicht ganz.

„Was glaubst Du denn?", ich mache mit meinen Händen eine hilflose Geste, „dass ich Winston beibringe, sich bei bestimmten Leuten in bestimmten Situationen so oder so zu verhalten? Wenn ich sowas könnte, würde ich wahrscheinlich nicht hier sitzen."

„Das stimmt wohl."

„Und ganz ehrlich?"

Hanna schaut mich erwartungsvoll an:

„Ja?"

„Ich bin nicht besonders böse über sein Verhalten."

Es ist nur ein kurzer Moment, in dem wir uns wortlos ansehen und keiner von uns weiß, wie wir reagieren sollen.

„Ist doch toll, wenn er die Leute wegbeißt!" Ich kann mein Glück darüber noch immer nicht unterdrücken. Ich ziehe die Schultern hoch, schüttle den Kopf und mache ein Gesicht, als würde ich genauso erstaunt sein, wie die anderen.

Hanna losprustet los. Ich falle ein und lache mit. Wir lachen uns halb tot. Wir gackern so dermaßen, dass ich schon Tränen in den Augen habe und mir der Bauch weh tut.

Ich bin also ein Teil dieses Gestütes, ein Glied in der Kette. Wahrscheinlich hat sie Recht. Ich muss nicht erst darauf warten, dass mir irgendjemand Sicherheit verspricht. Ich bin hier und glücklich, dazuzugehören, meinen Beitrag leisten zu können und ein Teil dieser Kette zu sein. Ein sehr wichtiges sogar, hat sie gesagt.

Winston

Zu der Zeit, als mir Herr Rudolf Trost, der ehemalige Landestrainer des Modernen Fünfkampfes in Berlin, Winston anvertraute, war er für alle Wettkämpfe gesperrt und ging lediglich außer Konkurrenz. Er wurde während der Abwesenheit von Herrn Trost, der viel in der Welt unterwegs war, um anderenorts Fünfkampfstützpunkte aufzubauen, von niemandem geritten oder betreut.

Einige Bereiter haben sich an ihm versucht, unter anderem der Generaldirektor des Olympiastadions selbst, sowie ein weiterer Landestrainer des Modernen Fünfkampfes. Alle gaben sie auf. Niemand wollte mit Winston irgendetwas zu tun haben.

Als ich begann, mit ihm zu arbeiten, wurde ich regelmäßig laut schreiend aus den Reithallen geschmissen mit Sätzen wie: 'Diesen Scheißbock will ich hier in der Halle nicht sehen!'

Nach vielen Wochen, in denen er auch mit mir immer mal wieder quer über die Anlage schoss, unerwartet begann, zu buckeln und geradezu von Panikattacken überfallen wurde, begann er, sich zu beruhigen. Wenn man ihn nicht bestrafte, nicht wütend wurde, nicht gegen ihn reagierte oder die Nerven verlor, sondern *'ihn liebte, um ihn reiten zu können'*, wie Herr Trost mir bei der Übergabe gebot, begann er nach und nach, zu vertrauen und sich einem hinzugeben. Die Worte von Herrn Trost hatten etwas in mir zum klingen gebracht, das nie aufhörte, in leisen Tönen mein weiteres Leben zu begleiten.

Es entstand über viele Monate, aus denen am Ende unglaubliche sechs Jahre wurden, ein innigeres Vertrauensverhältnis zwischen uns, als ich es jemals zu irgendeinem anderen Pferd erlebt habe.

Antonia Katharina Tessnow
Altes Jagdhaus, November 2019

***

Es gibt keine falsche oder richtige Reitweise.
Es gibt nur
ungerechtes oder gerechtes Reiten.

Fair Riding Corp

***

***

Die Autorin mit Winston
Landesreitschule am Olympiastadion, 2005

***

Winston

Nichts ist unmöglich

Band III

Juna begreift immer mehr, dass es die Sicherheit, nach der sie sich sehnt, im Leben nicht geben kann. Alles kann in jedem Augenblick anders sein, als erwartet. Sie versteht, dass die Welt der Pferde auch andere Seiten hat und nicht jeder Mensch die Tiere so sehr liebt, wie sie. Wird sie das Schlimmste verhindern können? Steht ein Abschied bevor? Wird Winston überleben?

Antonia Katharina Tessnow, selbst Berufsreiterin und Ausbilderin, führt heute eine kleine Hundezucht der Schoßhunderasse Bolonka Zwetna und hat ihr Leben vollends den Tieren verschrieben, die sie über alles liebt. Winston, ihr letztes langjähriges Berittpferd in der Landesreitschule am Berliner Olympiastadion, sein einmaliger Charakter und seine leidvolle Geschichte, spiegeln sich in der Winston-Trilogie wider.

'Winston lehrte mich mehr über Menschlichkeit, Charakterstärke und Unduldsamkeit gegenüber Lieblosigkeiten aller Art, als jedes andere Wesen, dem ich je begegnet bin. Möge er in diesen, nach ihm benannten Büchern weiterleben und möge die Botschaft seines Lebens nie verhallen.'
Antonia Katharina Tessnow

Heilbehandlungen für Dich und Dein geliebtes Tier

Erinnere Dich
an Deine verborgenen Fähigkeiten

Heilende Fähigkeiten wohnen in uns allen. Nicht nur in wenigen Auserwählten, sondern auch in Dir. Dieses Buch ist eine Erinnerung an all das, was Du kannst. Es beschreibt unterschiedliche Möglichkeiten, wie Du Deine heilenden Fähigkeiten nutzen und in Form von Heilbehandlungen einsetzen kannst - zum höchsten Wohle von Dir, Deinem geliebten Tier und Deinem geliebten Nächsten.

Antonia Katharina Tessnow studierte ganzheitliche Naturheilmedizin für Mensch und Tier, erlangte ihre internationale Heilerlaubnis an der int. Universität in Colombo und ist Doctor of Acupuncture und Homeopathy des Medicina Alternativa Institutes der Devi Clinic und Faculty of Integrated Medicine. Sie absolvierte eine mehrjährige Ausbildung am Institut für Emotionale Prozessarbeit, deren wesentliche Inhalte aus psycho-energetischen Prozessen, direktem Channeling und der Arbeit mit Informationsstrukturen im morphogenetischen Feld bestand. Während ihres 3-jährigen Indienaufenthaltes spezialisierte sie sich auf das Auslesen karmischer Lebensaufgaben und leitete Rückführungen in frühere Leben.

Kommunikation mit Tieren

ein Essay

Tierkommunikation ist keine Kunst, die nur wenigen Auserwählten vorbehalten ist, sondern eine Fähigkeit, die in jedem von uns schlummert und uns allen innewohnt. Es ist nichts, was man lernen muss, sondern es ist etwas, woran man sich erinnern kann, wenn man dafür bereit ist. Dieses kleine Büchlein beschreibt in kurzen, aufeinander aufbauenden Abschnitten die Kommunikation mit Tieren. Es soll dabei helfen, sich an seine ursprünglichen Fähigkeiten zu erinnern und sie wieder nutzbar zu machen; es soll ein Wegweiser sein und zeigen, dass jede Begegnung eine Aufgabe für uns bereit hält, für die es immer eine Lösung gibt und an der wir wachsen können. Alles hat einen Sinn und es lohnt sich, darauf zu vertrauen. Selbst wenn wir ihn manchmal nicht gleich verstehen.

Textauszug: 'Jede Kommunikation ist individuell. Jede Verbindung, jedes Karma einmalig. Manchmal sind die Tiere überhaupt erst dafür da, um dem Menschen die gefühlte, intuitive Wahrnehmung und Kommunikation zu erschließen. Es ist ein Gewinn für alle, wenn der Mensch beginnt, eine Verbindung zu seinem Tier und damit zu sich selbst herzustellen, sich seinen Themen und deren Botschaften zu öffnen und von ihnen zu lernen. Wenn du dazu bereit bist, das Tier in seiner Ganzheit zu erkennen und als gleich-wertig zu schätzen, wenn du dich auf dein Ganz-Sein einlässt und dem Tier genauso erlaubst, es selbst zu sein, wie es das Tier dir erlaubt, dann entsteht wahre Verbundenheit. Wenn du über die weit verbreiteten Trainingsmethoden der Dominanz und der autoritären Kontrolle hinauswächst und dich dem tieferen Sinn einer Begegnung zuwendest, wenn du versuchst zu erkennen, was dein Gegenüber dir beibringen will, dann beginnt die Kommunikation mit deinem Tier.

Die Botschaft der Tiere

Der Weg zurück zu uns selbst

Ein Wegweiser durch unsere Zeit

Es ist ganz und gar möglich, den Weg nach Hause zu finden. Wir brauchen nicht zu warten, bis wir diese Welt verlassen und zurück in unsere Seelenheimat gehen, um in den ewigen Gefilden Frieden und Liebe zu erleben. Wir können uns unser Zuhause, das Paradies, auch hier auf der Erde, auf diesem Planeten erschaffen. Es ist tatsächlich möglich, uns in ein neues, anderes Bewusstsein hineinzuentwickeln, von dem nicht nur die heiligen Schriften und die Erleuchteten im Laufe unserer Erdgeschichte berichtet haben, sondern von dem uns auch die Tiere erzählen, indem sie es uns Tag für Tag vorleben.

Wir Menschen können noch umkehren. Wir müssen diese Welt nicht zerstören. Es muss nicht alles so weitergehen wie bisher. Es ist möglich, den Weg zurück ins Paradies zu finden, doch können ihn uns nur diejenigen weisen, die ihn kennen.

Wenn wir den Tieren erlauben, uns den Weg zu weisen, werden wir ihn finden. Wenn wir ihre Botschaft ernstnehmen, sie verinnerlichen und versuchen, sie zu entschlüsseln, werden wir sie verstehen. Die Tiere haben das Paradies nie verlassen. Wer, wenn nicht sie, könnten uns diesen Weg weisen?

Madras

Zauber der Palmblätter

Die Palmblattbibliotheken: Tausende Jahre alt und bis heute ein ungelöstes Rätsel. Das Geheimnis dieses Ortes ist das Thema dieses Buches. Die Geschichte dreht sich um eines der größten Rätsel der Menschheit.
Eine Reise führte mich dort hin. Ich habe meine kleine Heimatstadt verlassen um der Sagenumwobenen Legende auf den Grund zu gehen, die besagt, dass dort alle Lebensgeschichten aller Menschen niedergeschrieben sind; allerdings nur von denjenigen, die sich aufmachen, um danach zu suchen.
Eben das habe ich getan. Und dies ist es, was ich gefunden habe.

Dieses Buch liegt in deutscher und englischer Fassung vor.

Menschen, die dieses Buch gelesen haben:

"Ein interessantes Buch. Wer will, findet die Antwort auf die Frage: Wie viele Leben hat ein Mensch?"
Günther Prinz, Publizist, ehemaliger Chefredakteur der 'Bild', Deutschland

"Da steht also mein ganzes Leben auf einem Palmenblatt in Madras. Dieses Buch hat mein Verständnis von Raum und Zeit grundlegend verändert."
Fritz Bloomberg, Ex-Vizepräsident Burda Media, New York

"Ein außergewöhnliches Lesevergnügen, das meine Sicht auf die Welt verändert hat."
Gregor Tessnow, Schriftsteller und Drehbuchautor

CD s von Antonia Katharina Tessnow **ausschließlich**
erhältlich über *amazon.com*

Bücher sind in jedem Buchhandel erhältlich

Der Hund -
Das unbekannte Wesen

Was Sie tun können,
damit Ihr Hunde Sie liebt

Ein Leitfaden zur Eingewöhnung
des Hundes in ein neues Heim

Nach langjähriger Erfahrung als Hundezüchterin, Hundefriseurin, Youtuberin und Autorin sind mir viele Menschen und noch mehr Fragen begegnet, aus denen dieser Ratgeber entstand.

Nach bestem Wissen und Gewissen habe ich viele Antworten auf die mir begegneten Fragen sowie meine Erfahrungen und Erkenntnisse aufgeschrieben - *für Menschen wie Sie.* Für Menschen, die sich wagen, das große Abenteuer einzugehen, einer Hundeseele ihr Herz zu öffnen.

So hoffe ich inständig, dass ich Ihnen mit diesem Büchlein helfen kann, das Richtige zu tun, eine gute Fühlung zu Ihrem neuen Begleiter aufzunehmen und einen Beitrag zu mehr Verständnis zwischen der Menschen- und der Tierwelt leisten zu können. Meine tiefste Sehnsucht ist eine friedliche und tier-liebende Welt, in der wir Menschen unserer Verantwortung den Tieren und der Natur gegenüber gerecht werden, die uns in diesem einen, wohl wichtigsten Leitsatz überliefert ist:

'Seid niemandem etwas schuldig, außer, dass ihr euch untereinander liebet. Denn wer den anderen liebt, der hat das Gesetz erfüllt.'

aus dem Römerbriefen 8, 13

Bolonka Zwetna

Von der Empfindsamkeit der Hundeseele
und der Liebe,
die sie schenkt

Dieser kleine Ratgeber soll nicht nur zum allgemeinen Verständnis der Beziehungen von Hunden zu uns Menschen beitragen, sondern vor allem den Menschen in seiner Seele berühren. Neben kurzen Überblicken über Rassestandard, Ernährung, Fellpflege und Haltung führt die Autorin den Leser in die facettenreiche Welt der Hundeseele, die voll tiefer Empfindsamkeit ist und niemanden unberührt lässt, der die Fähigkeit besitzt, zu fühlen.

Antonia Katharinas Liebe gilt seit jeher den Tieren. Viele Jahre war sie hauptberuflich in der Reiterei tätig bevor sie Heilpraktik, ganzheitliche Psychologie und Tierheilpraktik studierte. Seitdem widmet sie ihr Leben den Kleinhunderassen im Allgemeinen und dem Bolonka Zwetna im Speziellen. Neben ihrer schriftstellerischen, musischen und tierheilpraktischen Arbeit hat sie sich auf die Auftragsmalerei von Tierfotos spezialisiert und betreut ihre kleine Rassehundezucht der 'Zarenhunde aus dem Alten Jagdhaus'.

CD s von Antonia Katharina Tessnow **ausschließlich**
erhältlich über *amazon.com*

Bücher sind in jedem Buchhandel erhältlich

Celtic Spirit

Eine Reise in die Tiefen
zeitloser keltischer Weisheit

In den Kulturen aller Zeiten findet man Spuren von der ursprünglichen Verbundenheit zwischen Mensch, Welt und Universum. Nicht nur bei den Kelten, sondern überall schien der Geist des Einklanges in der einen oder anderen Weise wirksam zu sein. Das *Einssein mit Allem,* woraus auch der Keltische Spirit hervorging, schien in uriger Zeit auf der ganzen Welt präsent und Grundlage jeder Form der Wahrnehmung.

Möge 'The Celtic Spirit' eine Idee davon geben, wie man über das Erfühlen der Bäume eine Verbindung zum Leben herstellt, wie sich die einzelnen Bäume anfühlen, warum sie bestimmten Zeitabschnitten im Jahr zugeordnet wurden und was sie mit diesen unterschiedlichen Zeitqualitäten gemein haben.

Und möge dieses Büchlein Inspiration für all diejenigen sein, die sich nicht nur ein ganzheitlicheres Verständnis mit der Natur wünschen, sondern sich auch nach einer tieferen Verbundenheit mit dem Leben sehnen.

Weiß Du,
was Du mit Dir trägst?

Eine Entscheidungshilfe
für Tattoo und Motiv

Was für Wirkungen auf Dich und welche Auswirkungen auf Dein Leben kann eine Tätowierung haben? Wie weitreichend können Veränderungen, wie tief Seelenschmerzen sein, die eine unbedachte Tätowierung möglicherweise mit sich bringt? Wie wichtig sind die Auswahl des Motivs und des Tätowierers?

Antonia Katharina Tessnow ging durch die dunkle Erfahrung einer vorschnellen Entscheidung und obendrein eines schlecht gestochenen Tattoos. Fast zwei Jahre ihres Lebens kostete sie die Wiederherstellung ihres Armes, für den sie sich täglich schämte. Ihre Leidensgeschichte beschrieb sie in dem ersten Teil des Buches 'Tattoo - Laser - Cover Up - Wenn der Traum zum Albtraum wird'. Für alle, die hoffentlich nicht vor dem Lasern und Covern stehen, sondern vor der einmaligen Entscheidung zu einer neuen Tätowierung, veröffentlicht sie nun den erweiterten und überarbeiteten zweiten Teil und bietet damit allen Tattoo-Freudigen einen Ratgeber und eine Entscheidungshilfe.

‚Frage Dich, was Du mit Dir tragen willst, bevor Du Dir mit einer falschen Entscheidung eine Bürde auflastest, die Du zu tragen nicht vermagst.‘

Tattoo – Laser – Cover Up

Wenn der Traum zum Albtraum wird

Sowohl das Tätowieren als auch das Lasern ist nicht nur ein Eingriff in deinen Körper, sondern auch in deine Persönlichkeit und dem daran gekoppelten Gefühl, dir selbst gegenüber. Tätowieren verändert einen Menschen; mitunter hat diese Veränderung weitreichende Folgen und hinterlässt tiefe Spuren in deiner Seele. Festzustellen, dass dir das langersehnte Tattoo nicht gefällt oder gar misslungen ist, ist zudem eine schmerzliche Erfahrung, für die es wenig Helfende und Mitfühlende gibt.

Dieses Büchlein soll nicht nur eine Hilfestellung für Betroffene sein, sondern auch die Gedanken derer anregen, die mit der Idee spielen, sich unter die Nadel zu legen. Nicht nur meine eigenen Erfahrungen rund um das Thema Tattoo – Laser – Cover Up sind hier offengelegt, sondern es wurde auch ein Blick in all die Seelenschmerzen und inneren Qualen gewährt, die mit solchen Erfahrungen verbunden sind.

Jede Krise enthält eine Chance, weswegen die Chinesen dafür ein und dasselbe Wort verwenden. Die Chancen dieser Krise sind die daraus entsprungenen, weiterführenden und sehr hilfreichen Gedanken sowie all die wichtigen Überlegungen zum Tätowieren allgemein, die dir hoffentlich helfen mögen und die du unbedingt anstellen solltest, *bevor* du eine Entscheidung triffst, die dich in jedem Fall für dein Leben zeichnen wird.

CD s von Antonia Katharina Tessnow **ausschließlich**
erhältlich über *amazon.com*

Bücher sind in jedem Buchhandel erhältlich

Augen auf beim Welpen- und Hundekauf

Wissenswerte Tipps aus der Bolonka Zwetna Hundezucht aus dem Alten Jagdhaus

'Hätte ich es doch vorher besser gewusst' wird niemand mehr sagen können, der diesen kurzweiligen Ratgeber kennt. Er bietet Informationen zu den wichtigsten Themen, allen voran hilfreiche Fragen zu den Voraussetzungen, überhaupt einen Hund zu sich nehmen zu können, worauf beim Welpen- und Hundekauf zu achten ist sowie der Entscheidung zwischen Züchter oder Tierheim.

Weiterführend zu Themen wie Gesundheit, Krankheiten und entsprechenden Tests, Impfungen und möglichen Alternativen. Tipps zur Erstausstattung, zur Fellpflege, dem Zahnwechsel, Hundeschule - ja oder nein? Der Wichtigkeit von Papieren und der Zusammensetzung des Preises. Möge diese bündige Zusammenfassung wichtiger Erfahrungswerte Ihnen helfen, das Richtige zu tun.

***

'Wieder ein sinnvoller und inhaltsreicher Ratgeber der Autorin Antonia Katharina Tessnow. Jetzt wissen Sie alles - wirklich alles! - über Hunde.'
Günter Prinz, Publizist

'Wer überlegt, sich einen Hund zu kaufen, kommt an diesem Ratgeber nicht vorbei.'
Marc Betshire, Hundetrainer, Ausbilder und Coach

CD s von Antonia Katharina Tessnow **ausschließlich**
erhältlich über *amazon.com*

Bücher sind in jedem Buchhandel erhältlich

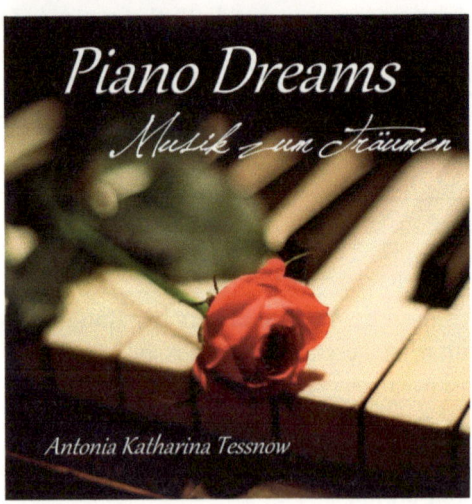

Sternenstaub am Horizont

oder

Breakable - Zerbrechlich

der Fall

zwischen Selbstwert und Zerstörung

'Es gibt Geschichten im Leben, die hätte man lieber nicht erlebt.' Diese Aussage trifft auf viele Ereignisse zu. Doch meist ist diese Aussage nur auf den ersten Blick wahr; schaut man tiefer und geht der Frage nach: *Was hat mir dieses Ereignis zu sagen?*, oder: *Was hat mich dieses Ereignis zu lehren?*, wird oft der tiefere Sinn einer Erfahrung offenbar.

Nicht nur die Geschichte, die in dem Roman **Breakable - Zerbrechlich** verarbeitet ist, war eine dieser Erfahrungen, sondern auch all das, was um den Roman herum geschah. Vordergründig ein Thriller, hintergründig eine wertvolle Lektion über Selbstwert und Zerstörung.

Was geschieht, wenn der Selbstwert fehlt? Welche Auswirkungen hat das Fehlen von rechtzeitig gesetzten Grenzen? Und wohin kann einen der Weg führen, wenn man entscheidende Lebensthemen hat lösen können?

Durch den Roman veranschaulicht die Autorin nicht nur diese Problematiken, sondern bietet im zweiten Teil eine psychoanalytische Draufsicht, Aussichten für Betroffene sowie Lösungsansätze. Ein unumgängliches Buch für jeden, der schon einmal an seinem Selbstwert zweifelte und hofft, einen soliden Weg zur eigenen, inneren Wertschätzung zu finden.

HAIR

Alles über alternative Haarpflege

HAIR - Alles über alternative Haarpflege, ist ein heilpraktisches Sachbuch. Es gibt in den einleitenden Kapiteln einen Überblick über die Inhaltsstoffe in herkömmlichen Shampoos und Duschgels und wie schädlich synthetisch hergestellte Chemikalien in der täglichen Anwendung auf Haut und Haaren sind. Des weiteren wird auf die Langzeitschäden eingegangen, die sich durch den dauerhaften und wiederholten Kontakt mit diesen Chemikalien ergeben können.

Der Hauptteil des Buches zeigt Alternativen zu herkömmlichen Produkten auf, die leicht umzusetzen und anzuwenden sind. Es wird auf komplizierte Anwendungstechniken verzichtet und ganz gezielt die Einfachheit der Methoden betont und in den jeweiligen Anwendungsbeschreibungen dargelegt. Alle alternativen Methoden zur Haut- und Haarreinigung sind von mir persönlich im Selbstversuch getestet, für jeden Interessierten leicht nachvollziehbar und die entsprechenden reinigenden Substanzen leicht erhältlich.

Im letzten Teil des Buches wird auf die Lebensweise, die Ernährung, Öle, Haarbürsten und Tipps und Tricks eingegangen, die langfristig und nachhaltig für gesunde und volle Haare sowie für gesunde, vitale und frische Haut sorgen.

Ziel dieses Buches ist es, das Bewusstsein für den Umgang mit unserem Körper, unserer Umwelt und damit unserer Gesundheit zu schärfen.

Stille Nacht, Heilige Nacht

Erinnerungen an einen Heiligen Abend
in den letzten Tagen des zweiten Weltkriegs

eine Kurzgeschichte

Diese Geschichte
liegt in deutscher und Englischer Fassung vor.

Über das Buch:

1943. Es ist Weihnachten. Schon damals schrieben Kinder
Tagebücher, um die unfassbaren Erlebnisse, die in Worten
kaum wiederzugeben sind, festzuhalten. Die ältere Schwester
von Antonia Katharinas Mutter ist neun Jahre alt, als sie durch
ihre kindlichen Augen die Ereignisse einer Nacht beschreibt,
die tiefe Eindrücke hinterlassen und niemanden unberührt
lassen. Eine wunderbare Erinnerung daran, in was für
friedlichen Zeiten wir heute leben dürfen.

Über die Autorin:

Antonia Katharina Tessnow ist die Tochter einer ehemals
ostpreußischen Familie, die nach dem ersten Weltkrieg nach
Deutschland kam. Ihre Großeltern ließen sich in Berlin nieder,
mussten jedoch aus der Stadt fliehen, nachdem ihr Wohnhaus
im letzten Jahr des zweiten Weltkrieges zerbombt und komplett
zerstört wurde. Viele Jahre später kehrten sie nach Berlin
zurück. Obwohl Antonia Katharina dort geboren ist, fühlte sie
sich in dieser Stadt jedoch nie heimisch. Heute lebt sie auf dem
Lande am Rande der Mecklenburgischen Schweiz.

Breakable - Zerbrechlich

Der Skandalroman aus Mecklenburg

Dieser Psychokrimi hat in der Region, in der es erschien, für so viel Wirbel gesorgt, dass sogar die Presse in die Geschichte eingestiegen ist. Anfeindungen, Intrigen und Klagen finden nicht nur im, sondern fanden auch um das Buch herum statt. Näheres ist einzulesen auf dem Blog

breakablezerbrechlich.wordpress.com

Klappentext:

Eine Frau aus der Stadt. Ein kleines Dorf. Eine alte Köhlerkate, traumhafte Umgebung und idyllische Umgebung. Nicolas Leben könnte nicht friedlicher sein. Eines Tages begegnet sie einem Bauern aus der Nachbarschaft. Es ist Liebe auf den ersten Blick. Als diese von dem Mann mit der unverwechselbaren Stimme auch noch erwidert wird, scheint ihre Welt perfekt.
Doch Nicolas Glück ist nur von kurzer Dauer. Trug und Lüge lauern hinter jeder Ecke. Gerade als sie beginnt, das Ausmaß des Bösen zu entdecken, tun sich Abgründe auf, in die sie niemals hätte schauen dürfen.

Nach einer wahren Begebenheit.

'In ihrem spannenden Roman voller überraschender Volten und psychologischer Abgründe begegnet der Leser Figuren, die er seit Langem zu kennen glaubt.'

Henrik Leschonski, Lektor

Nichts geschieht umsonst auf dieser Welt

der Fall

Breakable - Zerbrechlich

die Anhänge

Zwar gilt schon der Roman *Breakable - Zerbrechlich* als psychologisches Lehrstück, doch erst die Anhänge machen die ganze Bedeutungtiefe der Geschichte erfahrbar. Wie wichtig Selbstwert für das eigene Leben ist wird kaum irgendwo deutlicher als im Buch Breakable. Wie wichtig die Liebe zum eigenen Leben und zu sich selbst ist, kaum irgendwo nachvollziehbarer als in diesem Buch.

Antonia Katharina Tessnow gibt mit den Anhängen nicht nur Einblicke in die Hintergründe, sondern offenbart auch die psycho-logischen Zusammenhänge zwischen fehlendem Selbstwert und der daraus resultierenden Zerstörung des eigenen Lebens. Warum erlauben wir anderen das permanente überschreiten unserer Grenzen? Und warum ist es lebenswichtig, unsere Grenzen zu wahren, den eigenen Wert zu erkennen und unser Potential zu entfalten?

Nichts geschieht umsonst auf dieser Welt eröffnet ganz neue Perspektiven, zeichnet Lösungswege und gibt Hoffnung. *'Liebe deinen Nächsten **wie dich selbst'*** bleibt somit kein leerer Satz, sondern wird zur gelebten Realität, sobald Deine Liebe nicht mehr nur die anderen, sondern auch Dich selbst meint.

Kelten Kalender

Terminplaner
mit Baumkreis und Mondstand

jedes Jahr neu!

Das Keltentum ist seit jeher Quelle geistiger und seelischer Inspiration. Jeder, der sich zu der Geschichte, den Philosophien und der Lebensweise unserer Urahnen hingezogen fühlt, spürt in sich meist auch eine tiefe Verbundenheit mit der Natur. Immer mehr Menschen spüren eine große Sehnsucht nach eben dieser Verbundenheit, die über die Jahrhunderte hinweg, durch Überlagerung moderner Glaubenssätze, verloren ging.

Dieser Kalender soll dazu beitragen, dass das wunderbare Gefühl der Naturverbundenheit wieder zum Leben erwacht und sich weiter vertieft. Aus diesem Grund wird hier auf die alten keltischen Feiertage und den keltischen Baumkreis zurückgegriffen und damit auf uraltes Wissen, das aus einer Zeit hervorging, in der sich die Menschen noch als einen Teil der Natur wahrnahmen. Möge dieser Kalender ein wenig von dem alten, geheimnisvollen Wissen unserer Urahnen wachrufen und in unsere Erinnerung zurückholen; und wir damit in der Lage sein, das ursprüngliche Wissen unserer Vorväter, der Kelten, anzuzapfen.

CD s von Antonia Katharina Tessnow **ausschließlich**
erhältlich über *amazon.com*

Bücher sind in jedem Buchhandel erhältlich

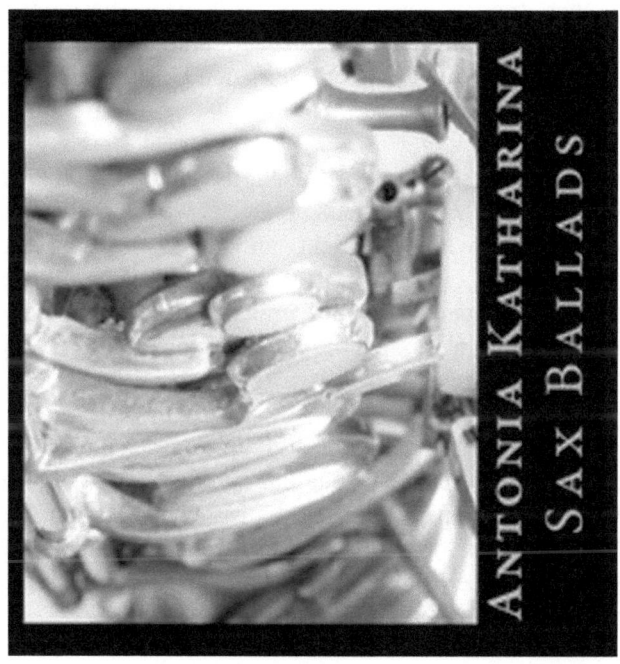

Bolonka Zwetna Kalender

Terminplaner

Jedes Jahr aktuell!

Jeder Mensch, der sich Hunden verbunden fühlt, spürt in sich meist auch eine tiefe Verbindung zur Natur, denn die Vierbeiner tragen einen großen Teil dazu bei, dass wir Hundemenschen uns viel draußen aufhalten, dem Wind und Wetter trotzen und auch unter widrigsten Umständen das Haus verlassen.

Dieser Kalender soll dazu beitragen, dass sich das wunderbare Gefühl der Naturverbundenheit noch weiter vertieft. Aus diesem Grunde wird hier nicht nur auf die neu-christlichen, sondern auch auf die alten, keltischen Feiertage zurückgegriffen und damit auf uraltes Wissen, das aus einer Zeit hervorging, in der sich die Menschen noch als ein Teil der Natur wahrnahmen.

Des Weiteren sind die Mondstände in den einzelnen Zeichen angegeben, die Sonnenzeichen, d.h. die Sternzeichen, vermerkt und 12 kleine Themen umrissen. Es ist jeweils der genaue Tag des Übertritts der Sonne in das neue Zeichen angegeben, wie er in den Sternzeitberechnungen angegeben ist und der von Jahr zu Jahr ein klein wenig variieren kann.

Möge dieser Kalender jedem Hundebegeisterten ein paar neue Einblicke geben, sowohl in den praktischen Umgang mit dem Hund, als auch in die Seele dieser wundervollen Wesen, die ein jedes Leben um ein vielfaches bereichern.

Bildkalender

Jeder Kalender ist jeweils als Tischkalender
und in den Größen
DIN A4, DIN A3 und DIN A2 erhältlich

Bolonka Zwetna Wandkalender

Die kleinen Bolonka Zwetna, auch Zarenhunde genannt, erfreuen sich immer größerer Beliebtheit. Nun gibt es neben Büchern, kleinen Ratgebern und Terminplanern endlich auch einen Bildkalender, auf den schon so viele Bolonka-Fans gewartet haben.

Bolonka Zwetna Baby-Kalender

Neben den beiden Bolonka Zwetna Bildkalendern und den informativen und liebevoll gestalteten Terminplanern, vervollständigt Antonia Katharina Tessnow ihr Repertoire nun mit einem Bolonka Babykalender. Der Kalender ist ebenso liebevoll, bezaubernd und anrührend gestaltet, wie ihre vorhergehenden Publikationen, womit sie ganz ihrem Stil treu bleibt.

Impressionen aus Indien

Seit je her Faszination, Anziehung und Mystik in der reinsten Form. Ob die Schönheit der Landschaft, die geheimnisvollen Zeichen an historischen Bauwerken oder die uralte, herausragende Architektur des Landes - ein paar Blicke lohnen sich; die Eindrücke, die sie im Herzen hinterlassen, bleiben. Für immer.

Momente der Vergänglichkeit

Manche Momente möchte man gern festhalten, einige Augenblicke nie loslassen und für immer in unser Gedächtnis einbrennen. Dieser Kalender ist eine Sammlung wundervoller, feuriger und mystischer Momente, wie sie das Jahr uns schenkt.

Teltow, Abseits der Straßen

Teltow ist nicht nur ein Ort von Kunst und Kultur, moderner Innovationen und außergewöhnlichen Veranstaltungen; Teltow ist mehr! Dort, wo der Lärm aufhört und die Stille einkehrt, tun sich malerische Landschaften auf, die - je nach Tageszeit - in stimmungsvolles Licht getaucht, den Betrachter jedes Mal aufs Neue in seinen Bann ziehen.

Natur-Paradies Mecklenburgische Schweiz

Die Nostalgie der vorpommernschen Landstriche, die immer ein wenig Sehnsucht weckt, spiegelt sich ganz besonders in der Mecklenburgischen Schweiz, von der gesagt wird, es sei eines der letzten Paradiese unserer Zeit. Hier gibt es sie noch: die unberührte Natur und die ursprünglichen Landschaften, über denen der Himmel endlos erscheint.

Astro Kalender

Terminplaner mit

Planetenumlaufbahnen, Mondstände und Blanko-Chart
für das eigene Horoskop

jedes Jahr neu!

Der Astro-Kalender dient als Wegweiser durch das Jahr und spricht nicht nur Astrologen, sondern auch alle Naturverbundenen an, die zu den Gezeiten und dem Umlauf der Gestirne eine Verbindung spüren. Somit dient dieser Kalender sowohl Hobby-, als auch professionellen Astrologen, die in ihrer Arbeit auf die Planetenstände und Sternzeitberechnungen der Ephemeriden zugreifen, als Leitfaden durch das Jahr. Zu Beginn ist ein Blanko-Radix eingefügt, um die persönlichen Sternstände oder ein entsprechendes Wunsch-Horoskop eintragen zu können. Weiterführend sind die Verläufe der einzelnen Planeten graphisch dargestellt und somit visuell auf einen Blick einsehbar. Zudem sind vor jedem Monat die entsprechenden Ephemeriden gelistet, sodass man den astronomischen Jahresverlauf immer bei sich hat. Der Übertritt der Sonne sowie des Mondes in die einzelnen Zeichen ist direkt an den entsprechenden Tagen im Kalender eingetragen. Möge dieser Kalender Hilfe und Erleichterung sein und all jenen nützen, die rund ums Jahr die planetarischen Einflüsse, denen wir unterworfen sind, im Blick haben möchten, um ihr Gespür auf diese Weise noch mehr zu verfeinern suchen und bisher auf umständliche Methoden der Sternzeitberechnungen zurückgreifen mussten.